君臨魔道

건아성 신무협 장편소설
ORIENTAL FANTASY STORY & ADVENTURE

군림마도
2

dream books
드림북스

군림마도 2
호혈관의 장문인

초판 1쇄 인쇄 / 2008년 11월 28일
초판 1쇄 발행 / 2008년 12월 8일

지은이 / 건아성

발행인 / 오영배
편집장 / 김경인
펴낸 곳 / (주)삼양출판사 · 드림북스

주소 / 서울특별시 강북구 미아8동 322-10호
대표 전화 / 02-980-2112~4 팩스 / 02-983-0660
편집부 전화 / 02-980-2116 팩스 / 02-983-8201
홈페이지 / www.sydreambooks.com

등록번호 / 제9-00046호
등록일자 / 1999년 3월 11일

ⓒ 건아성, 2008

값 8,000원

(주)삼양출판사 · 드림북스의 서면 허락 없이는 어떠한
형태나 수단으로도 이 책의 내용을 이용하지 못합니다.

ISBN 978-89-542-2968-5 04810
ISBN 978-89-542-2966-1 (세트)

* 지은이와 협의하에 인지는 생략합니다.
* 잘못된 책은 구입한 곳에서 바꾸어 드립니다.

건아성 신무협 장편소설
ORIENTAL FANTASY STORY & ADVENTURE

군림마도

2

호혈관의 장문인

dream books
드림북스

제1장 장악 · · · · · · · · · · · · 007

제2장 그날 밤 · · · · · · · · · · 043

제3장 홍안수 · · · · · · · · · · 067

제4장 조율 · · · · · · · · · · · 095

제5장 현청진공(賢淸進功) · · · · · · · 111

제6장 창천 · · · · · · · · · · · 155

제7장 악운 · · · · · · · · · · · 205

제8장 호랑이의 포효 · · · · · · · 261

제9장 덫 · · · · · · · · · · · · 291

[일러두기]

2권 중반에서 창천이 등장하는 부분은, 동일한 시간대를 살아가는 인물군상들의 얘기를 연작으로 기획해 온 작가의 의도에 따라, 전작 『은거기인』 6권의 장면 일부와 교차되는 지점이 있습니다.

 아침 해는 여느 때와 다름없이 밝아왔다. 유난히도 길게만 느껴졌던 호혈관의 밤은 솟아오르는 태양에 밀려 자취를 감췄다.
 낙천은 붉게 충혈된 눈을 부비며 떠오르는 아침 해를 보았다.
 머리 위로 떠오르는 태양은 그 어느 날보다 밝아 보였다.
 "일어나셨는가."
 "아, 예. 들어오시지요."

문밖에서 들려오는 목소리에 낙천은 몸을 일으켰다. 무겁게 내려앉은 목소리가 혀끝으로 흘렀다. 억지로 목청을 높여 말한 탓인지 끝이 갈라졌다.

"후우."

낙천은 가볍게 숨을 고르며 닫힌 문을 보았다.

목소리로 보건대 문밖의 손님은 이박명과 그 무리들의 심문을 맡겼던 장원백이 분명했다.

드륵.

문을 밀고 들어서는 장원백의 얼굴에 머쓱함이 번졌다.

"흠흠!"

그렇게 두어 번 헛기침을 흘리고 나서 장원백은 숙인 고개를 들었다.

뭐라 인사를 해야 좋을까?

여러 생각이 머리를 스쳤다.

장원백은 평소와 다름없이 웃으며 반기는 낙천을 쳐다보며 뒷머리를 긁적였다. 가볍게 걸음을 떼었지만, 생각해 보면 그럴 수가 없는 걸음이다.

더는 어제와 같이 그를 대할 수가 없다. 어제의 일로 그는 전 장문인의 제자 이낙천이 아닌, 곧 호혈관의 장문인으로 취임할 이낙천이 되었다.

"무슨 일이기에 이리 일찍 오신 것입니까? 새로운 사실이라도 밝혀졌습니까?"

난처해하는 장원백과 달리 낙천이 한껏 웃으며 물었다.

"음? 아, 아니아니. 그것은 아닐세. 그들은 여전히 자신들의 죄를 인정하지 않고 있네. 그나마 한 말이라고는 유언장에 관련된 사안들뿐인데, 그것도 자신들은 모르는 사이에 일어난 일이라고 딱 잡아떼고 있어."

"그도 그럴 테죠. 자신들이 벌인 일이 얼마나 무거운 죄인지는 스스로가 더 잘 알 테니까 말이지요. 하지만 증거가 명명백백한 이상 그들이 걸어서 그곳을 벗어나는 일은 없어야 합니다."

"허허. 이미 그리 결정을 내린 것인가."

낙천은 어쩐지 씁쓸해 보이는 장원백을 바라보며 웃었다. 결정이라는 말을 하다니 재미있는 일이다. 장원백이라면 당장에라도 이박명을 요절낼 듯 다그칠 것이라 생각했기 때문이다.

"유언장을 위조하고, 장문인의 사인을 조작했으며, 나아가 장문인을 독살했을지도 모를 이들입니다. 그대로 둘 수는 없지요."

"허나, 아직 그들을 지지하는 세력이 있네. 이렇게 성급하게 일을 끝내는 것은……."

"그들을 지지하는 이가 아직 있을 것이라 보십니까?"

낙천은 길게 이어지는 장원백의 말을 끊으며 물었다.

"음? 그게 무슨 말인가."

"말 그대로입니다. 아직 그를 지지하는 이가 있을 것이라 생각하십니까?"

 장원백은 웃으며 말하는 낙천을 보며 고개를 갸웃거렸다. 이박명과 총관 무리들을 가둬 두었다고는 하나, 그들을 따르던 이들 중 많은 숫자가 아직 요직에 남아 있다.

"주된 셋이 허물어졌다고는 하나 많은 수의 장로들과 제자들이 아직 남아있네. 그들은 일찍이 이박명의 편에 섰던 이들인데 그들을 전부 솎아내는 것은 무리가……."

"그럴까요?"

 타악!

 낙천은 길게 말을 늘어 놓는 장원백을 모습에 서찰 한 장을 꺼내 들었다.

"이게 무엇인가?"

 너훌.

 꺼내 든 서찰에 장원백의 눈이 의아한 빛을 띠었다.

"직접 읽어 보시지요."

"음?"

 스윽 들이미는 서찰에 장원백이 안력을 돋웠다. 낙천이 손에 쥔 서찰에는 깨알처럼 작은 글씨로 글이 적혀 있었다.

> 문원소를 비롯하여 4인의 장로와 16인의 제자는 장문인인 장석원의 유언을 받들어 이낙천을 차기 장문인으로서 전적으로 지지하며, 장로 이박명과 총관 이월령을 비롯하

여 유언장 위조에 관련한 그 어떠한 문제에서도 이의를 제기하지 않을 것을 약조합니다. 더불어 이번 사태에 대하여 그 어떠한 관련도 없었음을 밝히며, 중죄인인 그들이…….

"이, 이게 무엇인가?"
놀란 마음에 장원백의 말이 꼬였다.
약조?
관련이 없다?
낙천은 놀라는 장원백을 바라보며 웃었다. 참으로 서툰 사람이다.
"보시고도 모르시겠습니까? 그들이 제게 보내온 밀지입니다."
"밀지?"
장원백은 낙천의 말에 말꼬리를 높였다.
밀지라니, 무슨 밀지란 말인가?
남몰래 그들과 나눌 이야기라도 있단 말인가?
낙천은 놀란 장원백을 바라보며 내려놓은 문서를 접어 갈무리하였다.
"장 사백님의 말씀처럼 이박명의 세는 분명 남아 있습니다. 허나, 그들이라고 모를까요. 누구보다 눈치가 빠른 그들입니다. 꽃 떨어진 동백나무처럼 이박명의 명운이 떨어지지 않았습니까. 시대가 변하였습니다. 오늘의 호혈관은 어제의 호혈관이 아닌 게지요."

"그게 무슨 말인가?"

"장로 이박명을 비롯하여 총관 이월령, 부총관 허충이 관여한 유언장 위조에 대한 처벌이 가볍지는 않을 것임은 자명한 일입니다. 두 번 말할 것도 없지요."

"그런데?"

"한패가 아닙니까. 그러한 일에 과연 이박명의 세력이었던 그들이 관여하지 않았을까요?"

"……!"

낙천의 말에 장원백의 눈이 화등잔만 해졌다.

"자, 자네 설마 그들이 개입되었다는 즈, 증거를 가지고 있는 겐가?"

혀가 꼬여 말이 제대로 나오지 않았다. 놀란 가슴이 미친 듯 달음질치니 내쉬는 숨조차 가빠졌다.

"하하! 그럴 리가 있겠습니까. 그러한 것이 있었다면 진즉에 그들을 끌어내었겠지요. 없습니다. 다만, 한 가지 분명한 것은 이러한 문서를 보내올 정도로 몸이 달은 것은 제가 아닙니다. 말하지 않아도 먼저 찾아와 밀지를 건넬 정도로 급한 것은 그들이라는 말입니다."

딱딱하게 굳어 선 장원백을 쳐다보며 낙천은 어깨를 으쓱였다. 예나 지금이나 변한 것 없이 고지식하고 딱딱하다.

"사백님의 말씀과 같이 호혈관의 반 이상을 차지하고 있는 그들을 모두 솎아낼 수는 없겠지요. 암요. 그들을 모두 쳐내었다가는 기반이 흔들릴 테니까요. 그러나 그러한 그들을 포섭하는 것은 가능합니다. 이번 일로 칼자루를 쥐게 된 지금 그들을 확실하게 포섭하여 제대로 된 일원으로, 가족으로 만들어야 한다 생각합니다."

"그, 그게 무슨 말인가."

장원백은 낙천의 말에 정신을 차리지 못했다. 자신은 호굴에 물려온 사람처럼 정신이 없는데, 낙천의 입에서 쏟아져 나오는 말은 청산유수다.

포섭?

제대로 된 일원?

이 모든 상황을 예측하고 어떻게 해결해야 할지 미리 생각해 두었던 것일까?

낙천은 어리둥절한 표정을 짓고 있는 장원백을 향해 단정적으로 말했다.

"호혈관을 떠나면 남는 것이 아무것도 없는 자들입니다. 그렇기에 그들도 필사적인 게지요. 작은 흠이라도 잡혀 자리를 잃지는 않을까 전전긍긍하고 있는 것이 아닙니까."

"우리는……, 그들은 장사꾼이나 벼슬아치가 아닐세. 우리는 무도를 위해……."

낙천은 히죽 웃으며 말했다.

"순수한 열정만을 가진 이들이었다면 오늘의 일은 벌어지지도 않았을 것입니다."

"하지만……."

"우리는 사파입니다. 개중에는 돈을 벌기 위해 관에 들어온 자들도 있습니다. 순수한 열정과 무도만으로는 그들을 포용할 수가 없습니다."

"하지만……."

"조금 더 깊게 생각해 주셨으면 좋겠습니다. 십인십색이라 하지 않았습니까. 동색이라 할지라도 그 안에 구분을 두는 것이 사람입니다."

"허허……."

줄줄 쏟아져 나오는 낙천의 말에 장원백은 허탈한 웃음을 터트렸다. 달리 할 말이 없다. 틀리지만은 않은 말이라 마땅히 반론할 말이 없었다.

"그래서 어쩔 생각인 것인가."

"그들에게 있어 어제까지 한배를 타고 있던 이박명은 언제 터질지 모르는 우중충한 하늘의 뇌성(雷聲)과도 같은 것일 겁니다. 그가 입을 열면 크게 데일 사람이 한둘이 아닐 테니까요. 그렇기에 그들이 이러한 문서를 만들어 보낸 것입니다."

"어째서 말인가? 이러한 문서가 그들에게 무슨 득이 된다고?"

장원백은 낙천의 말에 고개를 갸웃거리며 물었다. 재차 생각해 봐도 이러한 문서 따위가 무슨 도움이 된다는 것인지 알 수 없었다.

"그들은 중재를 요청한 것입니다. 이박명과 기타 무리들을 버린다는 게지요."

"그게 무슨 말인가. 이박명을 버린다니?"

낙천은 자신의 말을 이해하지 못하고 되묻는 장원백의 말에 쓰게 웃었다. 그가 어째서 이박명에게 눌려 살았는지 알 수 있을 것 같았다. 그는 눈치도, 판도를 읽는 혜안도 가지고 있지 못하다.

뿌리 깊은 나무와도 같이 우직하게 홀로 서 있을 뿐이다.

"이박명을 중죄인으로 폄하한 것은 그들의 말을 믿지 말라는 뜻이 담긴 것입니다. 죄인의 말을 어찌 믿겠습니까. 저를 지지하겠다는 거나 이번 일에 어떤 개입도 하지 않겠다는 것은 빠르게 일을 해결해 그들이 우려하는 사태가 벌어지지 않도록 하자는 마음인 게지요."

"하! 그게 말이 되는가. 의심이 있다면 충분히 조사를 해야……."

휘휘.

장원백의 말에 낙천이 고개를 저었다.

"아니요. 이번 일은 그 세 사람에게서 시작된 일입니다. 그 셋만으로 끝내는 것이 좋습니다. 이박명과 한배에 탔다고는 하나, 그들 역시 호혈관의 사람들. 상황에 눌려 어쩔 수 없이 함께해야 했던 이들도 적지 않을 것입니다."

"하지만……."

"괜찮습니다. 이러한 일로 그들의 목에 목줄을 매 놓을 수 있다면, 차라리 잘된 일이지요. 앞으로가 더 중요하지 않습니까. 그 점, 장 사백님께서도 이해해 주셨으면 좋겠습니다. 지금의 호혈관은 그 어느 때보다 흔들리고 위태로운 나날의 연속입니다. 모두가 한데 모여 뜻을 다지고, 마음을 합쳐야 하지 않겠습니까."

"……."

장원백은 싱긋 웃으며 말하는 낙천의 모습에 꾸욱 입을 다물었다.

그가 이런 사람이었던가.

가슴이 먹먹해졌다. 모르고 있었다. 평생을 지켜보았다 생각하였는데, 이러한 모습을 가지고 있었을 것이라고는 생각지도 못했다.

"안에 계시오이까."

그때였다.

수탉처럼 우렁찬 목소리가 울렸다. 한밤이 다시 온 것이라 해도 믿을 만큼, 짙은 그림자가 얇게 바른 종잇장 사이로 흘러들었다.

"뉘십니까?"

낙천이 고개를 갸웃거리며 문을 열었다. 그러자 문밖으로 선 수많은 사람들이 포권하며 고개를 조아렸다.

"장문인!"

버럭 내지르는 소리에 장원백의 눈이 커졌다.

장문인?

장문인이라고?

곧 오를 자리이긴 하나 아직 오르지 않은 자리다.

문밖에 선 이들은 쉽게 입에 담을 수 있는 말이 아님에도 태연히 말하고 있었다.

"대체 이 무슨……."

장원백은 얼굴을 찡그리며 한 걸음 나섰다. 다른 이들도 아닌, 어린 관원들과 사범들이 벌써부터 연줄을 대기 위해 이러는 것인가 싶어 기분이 나빠졌다.

"헉!"

한 걸음 나서 말을 쏘아 붙이려던 장원백의 얼굴이 굳었다.

문원소와 일행들.

전 장문인과 이박명 외에는 지금껏 누구에게도 고개를 숙인 적이 없는 그들이 먼저 나서 몸을 낮추고 있었다.

"어인 일이십니까?"

놀란 장원백과 달리 낙천이 싱긋 웃으며 물었다. 장원백에게는 놀라운 일이었지만, 그에게는 몹시도 당연한 일이었다.

무릇 머리를 잃은 졸병들이란 그런 것이 아니던가.

문원소는 낙천을 향해 목청을 돋워 말했다.

"오늘 명실상부한 장문인의 자리에 오른다 들었소. 해서 내 그전에 부탁과 당부의 말이 있어 이리 찾았소."

"부탁과 당부라……. 무엇입니까?"
"죄인 이박명과 그 무리들을 오늘 단칼에 쳐내어 주시오!"
"뭐, 뭣?"
쿵!
장원백은 강경한 문원소의 말에 가슴이 덜컥 내려앉았다.
이박명과 무리들을 단칼에 쳐내어 달라?
믿을 수 없는 일이다.
장원백은 두 눈을 부비고 다시 문원소를 보았다. 낙천의 말을 들으면서도 아닐 것이라 생각하던 일이 눈앞에서 현실로 이루어지고 있었다.
"아직 심문이 다 끝나지 않았습니다."
"알고 있소! 허나, 죄질이 극악하고 그 증거가 명백한 바. 취임과 더불어 일벌백계(一罰百戒)하는 뜻을 담아 단칼에 쳐내는 것이 좋다 생각하오."
"하지만 그러한 권한은 제게 없습니다."
"없다니요. 당치도 않은 말이오. 장문인이오. 장문인에게 권한이 없다면 누구에게 있겠소. 우리의 힘이 필요하다면 돕겠소. 그러니 걱정하지 마시고 진행하시오."
"그 말이 무슨 뜻입니까?"
"말 그대로요. 나 문원소를 비롯하여 이 자리에 모인 모두가 같은 마음이오. 우리는 장문인의 뜻이라면 그 어떠한 것이라도 받들고 따를 준비가 되어 있소. 힘이 없다면, 권한이 없다면 만들면 되는 것이오!"

"허!"

문원소의 외침에 곁에 서 있던 장원백이 놀라 소리쳤다. 뜻밖의 상황에 무어라 말이 나오지 않는다.

빠르다.

빨라도 이렇게 빠를 수가 없다.

'아니, 내가 느린 것인가.'

장원백은 무리를 짓고 선 문원소를 바라보며 휘휘 고개를 저었다.

본래, 세상이 이리도 빠른 것일까.

하루아침에 바뀐 이들을 보자니 장원백은 머리가 다 어지러울 지경이었다.

"일벌백계라······."

낙천의 얼굴에 싱긋 웃음이 걸렸다.

* * *

"······ 물, 물 한 잔만 주게."

이박명이 잔뜩 갈라진 목소리로 말했다. 꼬박 하루를 심문실에 갇혀 물 한 잔 마시지 못했다.

마음은 아직 굳건하지만, 이전과 같지 않은 몸은 지칠 대로 지쳤다.

"여기 있네."

타악.

장원백은 그러한 이박명의 말에 두말없이 물잔을 건넸다. 그 외에 어떤 말도 없이 그저 잔을 건네는 것으로 모든 일을 마무리했다.

"꿀꺽……."

갈증 난 목이 불이라도 난 듯 아우성쳤다. 이박명은 허겁지겁 물잔을 받아 마른 목을 달랬다.

아무것도 섞이지 않은 맹물이 꿀처럼 달게 지친 혀와 목을 적셨다.

"하아……. 자네가 이제야 세상이 바로 보이는 모양이로군 그래."

간신히 목을 축이고 난 이박명이 깊게 숨을 고르며 말했다. 축 처진 눈 끝으로 아직 죽지 않은 살기가 번들거렸다.

"그래, 나는 언제 나가게 되는 것인가."

이박명이 손에 쥔 물잔을 내리며 물었다. 온종일 자신을 붙잡고 괴롭히던 그가 순순히 말을 따르는 것으로 보아 자신들의 무리가 어제 이후의 알력 싸움에서 승리하였다고 생각한 것이다.

"내 이리 될 것이라 이야기하지 않았던가. 그래, 밖이 소란하고 시끄럽겠지. 내 곧 나가서 이 일을 끝내겠네. 자네가 한 짓은 괘씸하지만, 뭐 어쩌겠는가. 그 요망한 놈 탓인 것을……."

입술에 묻은 물기를 혀로 핥아 닦는 이박명의 모습에 장원백이 쓴웃음을 지었다.

눈이 멀어 버린 여우의 끝이란 이런 것일까.

간밤에 세상이 바뀌었건만, 눈앞의 그는 아무것도 모른다.

"아직도 그리 꿈을 꾸는 것인가."

"음? 꿈?"

동그랗게 눈을 뜨는 이박명의 모습에 장원백이 설레설레 고개를 저었다.

사실, 그 역시 마찬가지다.

장원백은 아직도 오늘을 믿지 못하고 있었다. 처음 그를 이 자리에 앉혔을 때, 장원백의 생각은 지금의 이박명의 생각과 다르지 않았다.

그를 따르는 무리들이 끝까지 그를 옹호하리라 생각했다. 긴 싸움을 생각했고, 긴 투쟁을 생각했다.

하지만 두 눈으로 보지 않았는가.

현실은 그 어떠한 말보다 냉혹했다.

이박명, 이월령과 허충은…… 그들에게 철저하게 버려졌다.

"오늘 정오, 자네들 세 사람에 대한 징벌(懲罰)이 있을 걸세."

"징벌? 징벌이라고?"

장원백의 말에 이박명의 입술이 비틀렸다. 말도 안 되는 소리를 들었다.

징벌이라니…….

그에게 있어서 장원백의 말은 헛소리에 불과했다.

"협박도 정도껏 해야 겁을 집어먹는 것일세. 내 아무리 이렇게 갇혀 있는 처지라 하나 너무하는 것 아닌가. 누가 나에게 징벌을 내릴 수 있다는 말인가! 지나가던 개가 다 웃겠군."

"개가 웃는 일은 없겠지만 자네가 오늘 정오에 형을 받는 일은 있을 걸세. 이미 모든 회의가 끝이 났네. 오늘 이후 자네는 두 발로 서서 저 밖의 해를 보는 일이 없을 게야."

"헛소리!"

버럭 소리치는 이박명의 눈빛이 매섭게 빛났다.

"회의라니 누구 마음대로 회의란 말인가! 제멋대로 회의라도 한 모양이지? 말도 안 되는 소리! 그러한 일이 있었다가는 문 장로와 제자들이 가만히 있지 않았을 걸세. 자네 역시 지금의 이 일을 분명 후회하게 될 게야!"

"……"

거칠게 소리치는 이박명의 모습에 장원백은 작게 고개를 저었다.

지쳐 처진 눈매가 날카롭게 솟아올랐다.

그는 진정으로 믿고 있었다.

자신의 위치를, 자신이 쥐고 있던 권력에 대한 믿음을 놓지 않고 있었다.

"나는……."

장원백은 힘들게 뗀 입술을 닫았다.

해 주고 싶은 말이 많았지만 꾹 참았다. 짧은 시간이겠지만, 지금은 꿈이라도 꾸는 편이 좋을 것이라는 생각이 든 것이다.

"……물은 더 필요 없는가."

"없네. 흥! 고작 물 한 모금에 내 자존심을 판 꼴이구먼. 징벌? 징벌이라고? 하하! 하하하하하!"

표독스러워진 웃음소리에 진득한 살기가 걸렸다. 증오와 분노가 섞인 웃음은 쉬이 잊혀지지 않을 만큼 깊게 귓가를 파고들었다.

"후우."

장원백은 심문실을 가득 울리는 서슬 퍼런 이박명의 웃음소리를 들으며 조용히 방을 나섰다.

정오.

해가 머리 위로 떠오를 때까지 이제 채 일각도 남지 않았다.

* * *

쿠웅!

"죄인들의 무릎을 꿇려라!"

발을 구르는 소리가 연무장을 가득 울렸다.

하늘 높게 소리치는 장원백의 목소리에 연무장에 모인 이들의 고개가 들렸다.

오전 연무가 끝이 난 시간.

열기로 가득해야 할 연무장은 무거운 분위기 속에 잔뜩 가라앉아 있었다.

"놔라! 놔라, 이놈들!"

관원들의 손에 끌려 나오는 이박명의 목소리가 높아졌다. 평소였다면 감히 쳐다보지도 못했을 것들이 우악스레 몸을 잡아채고 있었다.

"대체 뭣들 하고 있는 게냐!"

이박명은 굴비처럼 엮여 나가는 자신의 모습에 얼굴을 일그러트렸다. 벌어질 수 없는 일이 벌어지고 있다.

고작해야 관원이, 평소라면 자신의 그림자만 밟아도 벌벌 떨 그들이 자신의 몸을 차고 밀고 있음에도 두려운 기색이 없다.

설마, 장원백의 말이 사실이었을까?

불안해진 마음에 심장이 미친 듯 요동쳤다.

호혈관은 쥐죽은 듯 조용했다. 관 내를 가득 울리리라 생각했던 문운소와 유권문, 그리고 제자들의 탄원 소리는 들리지 않았다.

깊은 침묵.

이박명은 숨소리조차 들리지 않는 관의 모습에 마른침을 삼쳤다.

"죄인 이박명과 이월령, 허충의 장문인 시해 혐의와 유언장 위조 혐의에 대한 명명백백한 증거가 드러남에 따라 그 처벌에 있어 수뇌들이 논의한 끝에 오늘 장문인 이낙천의 재가를 받아 정오에 형을 집행토록 한다."

"뭐, 뭣이!"

또박또박.

손에 쥔 글을 읽어내려가는 장원백의 모습에 이박명의 눈이 커졌다. 형을 집행한다는 말도 기가 차는데, 그 뒤에 달린 말이 가관도 아니다.

장문인? 장문인이라고?

"말도 안 되는 소리! 무슨 증거에 무슨 논의란 말이냐! 네놈들이 뚫린 입이라고 잘도 지껄이는구나! 게다가 장문인? 장문인이라니! 벼락을 맞아 죽어도 시원찮을 놈들 같으니라고! 문 장로! 형 장로! 나와들 보시게! 어디에 있는 것인가!"

"마, 맞습니다. 어디들 계시는 것입니까. 무, 문 장로님! 형 장로님! 이들이 지금……."

목에 핏대를 세워 소리치는 이박명의 모습에 허충이 따라 소리쳤다.

이럴 수는 없다. 이렇게 당해 쓰러질 수는 없다.

그간 어떻게 살아왔던가?

이렇게 허망하게, 저들의 손에 떠날 수는 없다.

"흠!"

목 놓아 소리치는 이박명과 일행들의 모습에 멀리서 헛기침 소리가 들려왔다.

문원소였다.

그가 장로들과 휘하의 제자들을 이끌고 그 모습을 드러내고 있었다.

"오오! 문 장로!"

뚜벅뚜벅.

개선장군처럼 당당히 걸어 나오는 문원소의 모습에 이박명이 기뻐 소리쳤다.

됐다!

이박명은 생각했다. 어찌 이러한 일이 벌어졌는지는 모르나, 저들이 나선 이상 모두 끝이 났다 믿었다.

"안녕하셨습니까."

저벅.

사람들을 가르고 나선 문원소가 이박명의 뒤로 서며 말했다.

"내 목이 빠져라 기다렸네. 어찌 이제 오는 것인가. 저들을 보시게. 하늘이 두렵지 않은지 저 썩을 놈들을 보시게."

문원소는 눈에 핏대를 세워 말하는 이박명의 모습에 작게 고개를 끄덕였다.

그 모습에 생기가 돌기 시작한 이박명의 눈으로 짙은 살광이 흘러넘치기 시작했다.

"흥! 어디 다시 한 번 말해 보시게! 회의? 논의? 여기 이들이 그 회의에 참석했다는 말인가! 그런 말도 안 되는 일 따위를 누가 믿는다고!"

이박명이 의기양양하게 소리쳤다. 이들이 온 이상 그는 두려울 것이 없었다.

호혈관 수뇌 중 반이 넘는 숫자다.

이박명은 등 뒤로 선 이들의 모습에 가슴속 불안이 가심을 느꼈다. 아니, 애초에 그러한 불안감을 가졌다는 것에 더 화를 내고 기를 쏟고 있었다.

"후……. 그럼, 모두가 모였으니 형을 집행하겠소. 준비들 되셨소?"

사특하게 소리치는 이박명의 말에 아랑곳없이 연무장 앞으로 나선 장원백이 말했다.

"물론이오."

"무, 물론이라니? 아니 그게 무슨 말인가. 문 장로 자네 설마……!"

타악!

찢어져라 눈을 부릅뜬 이박명의 눈에서 실핏줄이 터졌다. 터진 핏줄 위로 쏟아진 핏물이 눈 안으로 가득 퍼져 홍안을 만들었다.

악에 받쳐 고래고래 소리를 쳐 보았지만, 이박명의 목에서는 그 어떠한 소리도 나지 않았다. 문원소의 점혈에 이박명은 벙어리가 된 듯 그 어떠한 말도 꺼내 놓지 못했다.

뻥끗 뻥끗.

붕어처럼 움직이는 입술에 이박명은 절망했다.

당했다.

아혈, 아혈을 짚혔다.

"내 살면서 이런 일을 겪게 되리라고는 생각 못했소. 허나, 어쩔 수 없는 것 아니겠소. 그 언젠가의 말처럼 세상이라는 게 이런 것이니 말이오."

붉어진 이박명의 눈동자에 쓴웃음 짓는 문원소의 모습이 비쳤다.

쿠웅!

이박명은 심장이 커다란 소리를 내며 내려앉음을 느꼈다. 새하얗게 질린 얼굴 위로 지금껏 흘려본 적 없는 굵은 땀방울이 줄줄 흘러내렸다.

믿었다.

자신의 뒤로 늘어서는 그들의 모습에 만리장성보다도 더 두터운 믿음을 느꼈다. 헌데, 그러한 믿음이 한낱 모래성같이 한 줄기 바람에 허물어졌다.

그래서 그랬던 것일까.

이박명은 그제야 아침에 들은 장원백의 말이 이해가 갔다. 구해 줄 것이라 믿어 의심하지 않던 이들이 손을 놓았다. 토사

구팽하는 사냥꾼처럼 자신들을 잘라냈다.

"마지막 해가 될 테니 잘 즐겨 두시오. 참회동에 들게 되면, 빛이라고는 없을 테니까."

'네, 네놈들……. 네놈들!'

뺑끗거리는 이박명을 쳐다보며 문원소는 말없이 이박명의 단전을 내리찍었다. 핏발 선 이박명의 눈 위로 붉은 피눈물이 흘러넘치고 있었다.

두웅!

북소리처럼 울려 퍼지는 커다란 소리와 함께 이박명과 무리들의 구공(九孔)에서 붉은 피가 쏟아져 내렸다. 한평생을 함께 한 단전이 무너져 울리는 절망의 소리였다.

"죄인들의 내상을 치유토록 하고, 참회동으로 옮겨 죄를 뉘우치게 하라."

장원백의 말에 문원소 일행이 쓰러진 이박명과 무리들을 들쳐업고 사라졌다. 바르르 몸을 떨고 있는 그들의 눈은 좀처럼 감기지를 않았다. 고통과 원망 속에 평생 감기지 않을지도 모른다.

"후우."

누군가 뱉은 한숨 소리가 크게 울릴 만큼 호혈관은 조용했다. 모두가 모인 연무장은 그렇게 숨소리도, 어떤 말도 없는 침묵 속에 휩싸였다.

"에구구구구."

천천히 준비된 단상을 오르는 낙천의 입에서 앓는 소리가 흘렀다.

하얗게 얼굴이 사색이 된 이들에서부터, 비소를 감추고 있는 이들까지.

침묵으로 일관하고 있지만 연무장에 모인 이들의 얼굴은 그 숫자만큼 각양각색이었다.

문원소의 손에 이끌려나가는 이박명의 모습에서 수많은 것을 보고 느낀 것이다.

"나는……."

나지막한 목소리.

낙천은 연무장에 모인 이들을 둘러보며 말했다. 그리고는 곧장 말을 잇지 않고 넋을 잃고 있던 이들의 눈과 귀가 모이기를 기다렸다.

하나, 둘.

조용히 울려 퍼지는 낙천의 말에 자리한 이들의 눈과 귀가 열리는 것은 그리 오래 걸리지 않았다. 그들 스스로가 낙천의 등장에 넋을 잃고 있을 수는 없다는 것을 느꼈다.

"예부터 새 술은 새로운 부대에 담으라는 말이 있습니다. 나는 오늘부로 예전의 좋지 않은 잔재들을 모두 덜어내고, 장문인의 자리에 오를 생각입니다. 내가 이 자리에 오르는 것이 못마땅하고 마음에 들지 않는 이들도 물론 있을 것입니다. 허나, 나는 물러설 생각이 없습니다. 사부님의 유언을 받들 생각입니다."

"못마땅하게 생각하다니요. 당치도 않습니다!"

조용했던 장내가 시끄럽게 울렸다.

"맞습니다! 감히 누가 그런 생각을 가진다는 말입니까!"

"이사숙이야말로 우리의 장문인입니다!"

"와아!"

낙천의 말이 끝나기가 무섭게 자리에 모인 젊은이들의 입에서 열의를 담은 소리가 쏟아져 나왔다. 그들의 머릿속에는 이미 등골을 오싹하게 만들었던 이박명에 대한 징벌 따위는 떠난 지 오래였다.

낙천의 취임에 대한 함성은 호혈관에서 소외를 받던 입문관원들부터, 수뇌 직속의 제자들까지 한마음 한뜻으로 외친 소리였다.

"허허……."

장원백은 연무장을 뜨겁게 달구는 함성에 헛웃음을 터트렸다. 눈으로 보지 않았다면 헛소리라 생각했을 일이 벌어지고 있었다.

그의 세가 이 정도였던가.

작게 흐르던 샘물이라 생각했는데, 아니다. 낙천의 세는 대하가 되었다.

젊은이들은 물론 수뇌부까지 모두 아우르는 항거할 수 없는 거센 파도가 되었다. 이박명이 다시 온다 해도, 그를 막아 설

수는 없을 듯 보였다.

"새 장문인이라……."

내면적으로 어떠한 갈등이 있는지, 어떠한 속셈들을 가지고 있는지는 몰라도 겉으로 보이는 모습만큼은 낙천의 취임을 열렬히 환영하는 듯했다.

손바닥에 넣어 쥐었다.

그는 완벽히 호혈관을 장악했다.

전 장문인도, 이박명도 이루지 못한 일을 그는 단 몇 달 만에 해치웠다.

아무도 알아채지 못하게.

가랑비처럼 옷깃을 적셔 호혈관 전체를 손아귀에 쥔 것이다.

"불미스러운 일은 이것으로 끝이 났으면 합니다. 앞으로는 누구도 문파의 계율을 어기지 말아야 할 것입니다. 문파의 계율은 칼처럼 날카롭고, 천금보다 무거운 것. 오늘의 일을 모두가 두 눈과 가슴에 새겨야 할 것입니다."

낭랑하게 외치는 낙천의 말에 자리한 이들의 눈빛이 깊어졌다.

사파와 어울리지 않는 곧은 말이다.

힘에 살고 힘에 죽는 이들이 모인 땅이 아니던가.

계율보다 힘이 앞서는 땅에서 흐를 말이 아니지만, 모두가 안다. 그것은 누구도 반론할 여지가 없는 정답이지만, 지금껏 지켜지지 않은 소문파의 법이고 계율인 것이다.

후읍.

낙천은 조용해진 장내를 둘러보며 깊게 숨을 들이마셨다. 납덩이를 두른 듯 무겁게 내려앉았던 가슴이 조금은 가벼워지는 듯한 느낌이 들었다.

젊은이들의 마음을 훔치고 환호성을 사는 일은 어렵지 않았다. 아침 수련을 방해하였을 때 그들의 흔들린 마음을 놓치지 않은 것이 주효했다.

그때 흔든 마음을 흑봉파에 쳐들어간 것으로 휘어잡았으니, 이만한 환성이 나오는 것도 당연한 일이다. 게다가 늙은이들의 마음은 간밤에 검을 뽑아 들었을 때 힘으로 찍어 누르지 않았던가.

이번 일을 겪으며 이리저리 찢겨진 상처와 마음은 시간이 해결해 줄 터.

지금부터는 조용히 웃음으로 지켜보며 서로의 마음을 조율하면 되는 일이다.

"오늘부터 호혈관은 변할 것입니다."

"무엇이……. 무엇이 말입니까?"

나직한 낙천의 말에 쫑긋 귀를 세우고 있던 이들이 두 눈을 빛내며 물었다.

그들이 지지하던 낙천이 장문인의 자리에 올랐다. 허니, 변화는 당연한 일이다.

무공.

 마음을 빼앗은 그의 무공을 이제는 배울 수 있게 되는구나 하는 생각이 들었다.

 젊은 관원들은 격하게 뛰는 가슴을 숨길 수가 없었다. 무를 숭상하고 힘을 믿는 사파인이다. 더 강한 무공에, 더 강한 힘에 끌리지 않는다면, 그것은 열의를 잃고 꿈을 잃은 사람임에 틀림이 없다.

 "새롭게 단을 꾸리고 보다 체계적인 수련법을 강구할 생각입니다. 형식에 치우친 기존의 수련법은 버릴 것입니다."

 "버린다고요?"

 낙천의 말에 환희에 빠진 젊은이들과 달리, 뒤로 늘어선 장로들의 얼굴에는 주름이 깊어졌다. 구겨진 이마가 벌써부터 깊은 내 천(川) 자를 그리고 있다.

 "호기로운 마음은 이해하나 장문인께서 너무 쉬이 생각하는 것은 아닌가 싶소. 지금의 수련법은 그리 쉽게 버릴 수 있는 것이 아니외다. 호혈관의 시작부터 다듬어져 이어진 세월의 결실인 것을……. 어찌 그리 쉽게 말하는 게요?"

 "맞소이다. 수많은 시행착오를 거쳐 현재에 이른 것을 어찌 하루아침에 헌 옷을 버리고 새 옷을 입듯 갈아입을 수가 있겠소."

 카랑카랑한 목소리로 흘러나오는 장로들의 말에 낙천은 휘휘 고개를 저었다.

기다렸다.
그들이 이러한 말을 꺼내며 자신을 추궁하기를 낙천은 내심 기다리고 있었다.
"무공을 바꾼다는 것이 아닙니다. 제가 익히고 사용하여 보다 나은 결과를 얻었기에 이야기하는 것입니다."
"흠! 장문인의 무공이 남다른 성취에 다다랐다는 것은 알고 있소. 허나, 장문인과 같이 수련한다 하여 모두가 그와 같은 성취를 낼 수 있는 것은 아니라 생각하오. 오히려 부작용이 있을 수 있고, 이전보다 더 많은 시행착오를 겪을지도 모르는 일이잖소. 섣부르게 판단할 것이 아니라 천천히 시기를 봐서 의논토록 하는 것이 좋을 것 같다 생각하오."
"나 역시 같은 생각이외다."
"나 역시."
길게 꼬리를 타고 이어지는 말에 연무장에 자리한 이들의 눈빛이 변했다.
교묘한 말이다.
반론할 여지없는 차분하고 옳은 말이지만, 가슴에 와 닿는 것이 없다.
후욱, 젊은이들의 입에서 절로 한숨이 새어 나왔다.
부푼 기대감이 실망으로 변했기 때문이 아니다. 그들의 표정에서, 그들의 모습에서 자신들을 돌아보는 열의가 느껴지지 않음을 읽은 것이다.

"지랄 났군."

누군가 들리지 않을 만큼 작은 목소리로 중얼거렸다. 그들은 이대로, 이전처럼 자신들과 상관없이 편안한 자리에 앉아 있으려는 것이다.

"시행착오라……."

낙천은 양분된 시선을 바라보며 어깨를 으쓱였다. 사람 속은 알 수 없으나, 흐름을 타고 흘러가는 마음이야 눈을 감고도 짚어낼 수 있다.

"일단은 단을 나누고 회의를 통해 일을 점검해 나가도록 하지요. 지금 당장 독단적으로 바꾸고자 하는 마음은 없습니다. 눈으로 확인할 수 있을 만한 확실한 근거를 가지고 다시 이야기하도록 하지요. 그리 오래 걸리지는 않을 것입니다."

"확실한 근거라……."

"으음."

하나둘.

낙천은 자신이 찍어 놓은 점을 따라 흐르는 장로들의 마음에 씩 웃었다. 인상을 찌푸리는 젊은이들의 얼굴도 마찬가지다. 모두가 자신의 손바닥 안이다.

"후우."

흘러나오는 숨을 내뱉으며 낙천은 고개를 끄덕거렸다.

생각대로 흐르고는 있었지만, 지금의 모습은 좋은 것이 아니다. 서로 부딪치지 않는 것도 좋지만, 이대로 눌러만 두는 것은 좋지 않다. 누르고 눌러 봐야 안으로 고인 물은 언제고 다시 부딪쳐 튀어 오를 것이다.

그렇게 둘 수는 없다.

이대로 다시금 부딪쳐 제 살을 깎아 먹을 수는 없다.

'좋은 기회라 생각해야 할까.'

낙천은 이번 일을 위해 준비한 것을 떠올리며 씩 웃었다.

너무나 큰 패다.

생각지도 못한 때에, 생각지도 못한 일로 손에 넣은 우연의 산물.

꺼림칙한 마음이 들었으나, 손에 쥐지 않을 수 없었다. 마음은 불안하고 쓰지만, 지금은 가릴 처지가 아니다. 지금 내실을 견고히 하지 않으면, 후일 불어 닥칠 바람에 실려 날아가 버릴 것이다.

게다가 인연의 굴레 안에서 엮인 또 다른 인연은 필연의 씨앗이라 하지 않던가.

낙천은 이름대로 손에 쥔 우연을 좋게 생각하기로 하였다.

"그럼, 그에 앞서 소개할 분이 한 분 계십니다. 새로이 호혈관의 대사범 자리를 맡아 주실 분입니다."

"대사범?"

낙천의 말에 자리한 장로들의 눈이 휘둥그레졌다.

"그게 무슨 말인가. 대사범이라니! 새로운 자리에 대해서는 다음에 논하기로 한 것이 아니었나? 미리 다 정해 두고 말만 가져다 붙인 것인가?"

낙천의 말에 놀란 장로들이 소리 높여 물었다. 개중에는 노기 띤 얼굴로 낙천을 쏘아보는 이들도 적지 않았다. 젊은 장문인이 자신들을 무시하고 손에 쥔 권력을 휘두른다는 생각이 든 것이다.

"그러한 것이 아닙니다. 쉬이 모실 수 없는 분이라 하루라도 빨리 자리를 잡고 함께 호흡하기를 바라기에 그런 것이니 이해해 주셨으면 좋겠습니다."

"하! 말은 좋구먼. 그래, 그게 누구인가! 누구이기에 이리 호들갑을 떠는 것인가!"

노기에 차 소리치는 장로들의 모습에 낙천이 웃으며 손뼉을 쳤다.

저리 힘 있게 말을 뱉는 것도 지금까지다.

여우 하나 넘지 못하던 고양이들이 무엇을 할 수 있을까.

낙천은 다시금 크게 손뼉을 치며 말했다.

"들어오시지요. 모두가 기다리고 있습니다."

뚜벅.

장로들은 낙천의 말에 멀리서 걸어 들어오는 사내의 모습에 먹이를 노리는 매처럼 눈에 힘을 주었다. 누구인지는 모르나, 쉽게 자리를 내어줄 수는 없다.

어떻게 이룬 자리던가.

눈에 힘을 주어 사내를 쫓던 장로들의 가슴이 한순간 턱 막

혀왔다.

"헉!"

낙천은 여기저기서 쏟아지는 장로들의 경악에 찬 외마디를 들으며 싱긋 웃었다.

잔뜩 기세를 부려보아야 무의미하다는 것을 이제 깨달은 모양이다.

"소개하지요. 새로운 대사범의 자리를 맡아주실 낭인왕 홍안수 님이십니다."

"……!"

웃으며 사내를 소개하는 낙천의 말에 자리한 이들의 눈이 경악에 물들었다.

홍안수.

그것은 누구도 생각지 못한 낭인왕의 등장이었다.

제2장
그날밤

 그것은 간밤의 일이었다.
 땅거미가 진 어둑한 밤.
 낙천은 누구도 모르게 호혈관을 빠져나갔다. 조용하고 은밀하게, 땅거미에 늘어진 그림자처럼 낙천의 모습은 스치는 이들의 눈에 비치지 않았다.
 "누이를 만나러 왔네만."
 조용히 건네는 낙천의 말에 호객꾼이 자리를 털고 일어섰다.

"안으로 드시지요."

언뜻 보기에는 같은 듯 보였으나 호객꾼의 얼굴에 스치는 미소는 전과 달랐다.

변했다.

이전과 같이 비릿한 미소가 아닌, 깊은 내면의 사심이 담긴 미소다.

'설마……'

호객꾼을 따라 걸음을 옮기는 낙천의 눈이 가늘어졌다. 사내의 변한 웃음과 걸음이 향하는 방향에 한 가지 생각이 머릿속을 스쳤다.

이 길은 훅하고 불면 날아오를 분향 가득한 기방으로 향하는 길이 아니다. 주색에 빠진 이들의 냄새가 느껴지지 않는 기루 안의 신천지다.

"모시고 왔습니다."

꾸벅 고개 숙여 말하는 호객꾼의 얼굴이 무거워졌다. 평소였다면 웃음 한 점을 날리며 빠져나갔을 길에서 명을 기다리는 병사와도 같이 고개를 숙여 날아올 말을 기다렸다.

"뫼셔라."

짤막히 흘러나오는 말에 그제야 호객꾼이 고개를 들어 닫힌 문을 열었다.

"안으로 드시지요."

공손한 호객꾼의 말에서 낙천은 너무도 큰 위화감을 느꼈다. 자신이 찾은 곳이 기루가 맞는가 하는 생각이 들 정도였다.

낙천은 두근거리는 가슴을 내리 누르며 조용히 걸음을 옮겼다. 굳게 닫힌 문 뒤로 이어진 긴 복도 끝에서 밝은 빛이 흘러나오고 있었다.

"왔구나."

넓은 장원.

낙천은 복도 끝에 펼쳐진 별세계에 눈을 크게 떴다. 태어나 한 번도 보지 못한 광경이 눈앞에 펼쳐졌다.

밖에서도 쉬이 보지 못할 넓은 장원의 호화로운 모습에 눈이 화등잔만 해졌다.

"누이. 이게 무슨……."

쉬이 놀람을 떨치지 못하는 낙천의 모습에 월영이 싱긋 웃으며 말했다.

놀라 미소가 지워진 낙천의 얼굴 속에서 어린 시절의 모습이 언뜻 보이는 듯도 했다.

"오늘은 나눌 말이 많구나. 안으로 들겠어?"

"……그래."

월영의 말에 걸음을 옮기는 낙천의 얼굴이 차갑게 굳었. 묻고 싶은 말이 가득하였으나 서둘러 묻지 않았다.

이제 막 해가 진 참이다.

밤은 길고 시간은 많다.

오늘은 그리 서둘지 않아도 충분할 만큼의 시간이 있었다.
"술상을 준비할까요?"
넓은 장원 한쪽에 있는 정자에 다가가 앉으니 어린 시비가 다가서서 물었다.
공손히 고개를 조아리는 모습에 대갓집 마나님을 모시는 종복의 모습이 겹쳐보였다. 고작해야 기루의 기녀를 대하는 것 치고는 몹시도 몸을 낮추고 서 있었다.
"술 한 잔 하겠니?"
"……그래. 오늘은 취해도 좋을 테니까."
"그래, 그렇구나."
낙천의 말에 월영이 웃으며 시비를 향해 고개를 끄덕였다.
하나 둘.
시비의 손짓을 따라 푸짐한 술상이 차려졌다. 생전 처음 보는 산해진미가 상다리가 휘어질 만큼 그득 오르기 시작했다. 둘이 먹고 마실 술상이라고는 믿을 수 없을 만큼 크고 성대한 상이었다.
이전과 같이 분 냄새가 폴폴 풍기는 방이 아닌 달빛이 손에 잡힐 듯 밝은 정자 위의 술상은 기묘한 위화감을 풍기고 있었다.
"잔을 받겠니?"
"응? 아, 그래 좋지."
술병을 드는 월영의 모습에 낙천이 상에 놓인 술잔을 집어

들었다.

쪼로로!

고운 소리를 내며 잔 위로 투명한 술이 그득 차올랐다. 방울져 떨어지는 모습이 흡사 선녀의 눈물 같았다.

술맛을 가리는 것 중 가장 큰 것이 주향이라 하던가.

잔 위로 차오른 술은 지금껏 마신 그 어떠한 술보다 그윽한 향을 냈다. 이름이나 유래를 듣지 않아도 알 수 있었다.

명주다.

촌부들은 평생 입에 대어보지도 못할 값비싼 술이었다.

"묻고 싶은 말이 많은 모양이구나."

잔을 비우는 낙천의 모습에 월영이 물었다.

오래한 정 때문일까.

낙천이 소리 내어 묻지 않아도 월영은 알 수 있었다. 자리한 내내 말을 걸어오는 눈이 말해 주고 있었다.

"없다고 하면 거짓말이겠지. 누이 역시 마찬가지잖아. 해 줄 말이 많은 듯한데."

조용히 잔을 내리며 되려 낙천이 물었다.

그 역시 느끼고 있었다.

월영의 입꼬리에 초승달처럼 달린 웃음이 기쁨에 가득 차 있었다.

"그래, 해 줄 말이 많지. 무엇보다도 고맙다는 말이 먼저고 말이야."

"무엇이?"

"글쎄……. 그분의 복수일까."

월영이 조용히 술잔을 쥐며 말했다. 방금 전까지 가볍고 기쁘던 웃음이 만월처럼 가득 차 무겁게 내려앉았다.

복수.

무겁게 가라앉은 월영의 미소에 낙천은 슬쩍 고개를 저었다.

복수라 말했지만 그것만이 아니다.

월영의 얼굴에 깃들어 있는 미소는 복수에 대한 것만이 아니었다.

"다 끝난 것이 아니야. 더 높은 산이 남았을 뿐이지."

"더 높은 산이라……."

쭉!

월영은 가득 찬 술잔을 단번에 비웠다. 기녀답지 않은 모습에 낙천이 피식 웃었다. 어둑한 하늘이 말이라도 걸어올 듯 낮게 내려앉아 있었다.

"참……."

이렇게 마주 앉아 술을 마시는 것이 얼마만의 일이던가.

아니, 그러한 일이 있기는 하였던가.

월영은 옛 추억을 떠올리며 웃었다. 항상 웃고만 있던 어릴 적 낙천의 모습이 떠올라 배시시 절로 웃음이 새어 나왔다.

"세월이 빠르구나."

"빠르지. 빨라. 누구도 붙잡을 수 없을 만큼 말이야."
"나 말이야……."
"응."
"혼례를 올리기로 했어. 제대로 된 예식을 올리지는 않겠지만, 나는 그 사람의 여자가 되기로 했어."
"그래? 잘된 일이네."

조용히 전하는 월영의 말에 낙천이 고개를 끄덕였다. 뜬금이 없는 말이었음에도 놀라는 기색이 없었다. 복수의 기쁨 아래에 깃들어 있던 또 다른 무언가를 이미 느끼고 있었기에 그랬는지도 모른다.

"축하해."

낙천은 조용히 술잔을 비우고 웃었다.

그저 인사치례로 건네는 말이 아니었다. 낙천은 누구보다 진심으로 그녀의 혼인을 축복하고 있었다. 그녀의 얼굴에 가득한 홍조가, 입술에 머금은 웃음이 진정으로 가슴 안에 전해졌기에 그랬다.

"고맙구나."

짧지만 마음이 그득한 낙천의 축하에 월영은 기뻐하며 더 밝게 웃었다.

무겁게 내려앉았던 웃음이 처음과 같이 가벼워진 기분이 들었다. 가족이 없는 그녀로서는 그의 축하가 무엇보다 소중한 말이었다.

"그래서, 상대는 누구야? 내가 알고 있는 그 사람인가?"

거슴츠레해진 낙천의 눈매에 월영이 피식 웃으며 말했다.

"설마, 이전 루주를 생각하는 건 아니겠지? 그라면 아니야."

"글쎄……. 그렇다면 또 모르겠군. 생각나는 사람은 많은데 확실히 떠오르는 이는 없네. 누구야? 누이를 사로잡은 사내가."

낙천은 배시시 웃는 월영을 향해 물었다. 태연히 말하고 있었지만, 그의 귀는 월영의 한 마디 말에 집중되어 있었다. 그는 그녀의 작은 말 하나도 놓치지 않았다.

이전이라는 말이 붙었다는 것은 루주가 바뀌었다는 소리다.

이만한 기루의 루주가 바뀌는 일은 흔치 않다. 돈도 돈이지만 루를 지탱하는 뒷세계의 힘이 루주를 쉽게 놓아주지 않기 때문이다.

"그는 강한 사람이야."

"강한 사람? 무림인인거야? 아니면 권력을 쥔 벼슬아치?"

월영은 낙천의 말에 빙긋 웃었다. 그 얼굴에서 옛날의 모습을 읽었던 것도 잠시, 낙천의 얼굴은 어느새 딱딱하게 굳어 있었다.

"좋은 사람이야. 거짓말을 하지 않고, 누구보다 곧은 사람이지."

"그래서……, 누구라는 거야?"

따악!

낙천이 손에 쥔 술잔을 내려놓으며 물었다.

"빙빙 둘러말하는 것은 호혈관에서만으로 충분해. 누이."

"응. 미안해. 다만, 이렇게라도 널 놀려주고 싶었어. 옛날에는 자주 그랬으니까."

"하아."

차갑게 식어버린 술상처럼 낙천은 자신의 마음이 식었음을 느꼈다.

언젠가부터 조금씩 시들어가기 시작한 마음이 이제와 차가운 한기를 뿜어내고 있었다.

"홍안수라는 이름이 있지만, 다들 그를 다른 이름으로 부르곤 해."

"홍안수?"

낙천은 작게 고개를 끄덕이는 월영의 모습에 눈을 번쩍 떴다.

"설마 낭인왕을 말하는 것은 아니겠지?"

"왜? 그가 아니었으면 좋겠어?"

"아니, 그런 것은 아니지만 터무니없잖아. 그런 자가 왜……."

낙천은 빙긋 웃는 월영의 모습에 휘휘 고개를 저었다.

"그구나?"

"응. 그야. 나와 혼약을 올릴 사람이 바로 그야."

"하! 홍안수라니……. 그가…… 하북에 와 있다고? 게다가 누이와 혼약을 치른다고?"

낙천은 월영의 말에 정신을 차릴 수가 없었다.

홍안수가 누구인가.

낭인으로서 왕의 이름을 부여받은 단 한 명의 사내가 아닌가!

놀람의 충격이 독한 술보다 무겁게 뒷머리를 때렸다.

"그와는 오래전에 만났어. 천한 여자와 천한 남자의 만남은 맑은 하늘에 내리는 비처럼 믿을 게 못 되는 일이지만……. 그는 약속대로 돌아왔어. 돌아온다는 약속을 지켰어."

"누이……."

행복하게 웃는 월영의 미소에 낙천은 나오려던 말을 삼켰다.

금방이라도 뱉고 싶은 말이 많았지만, 말할 수 없었다. 그녀가 그리 믿고, 그녀가 정한 남자라면 마음에, 두 귀에 독을 풀 이유가 없다.

그는 강한 남자이고 그만한 사람은 전 중원을 아무리 뒤져도 찾기 힘들다.

"해서 나는 오늘 네게 부탁을 하나 하려 해."

"부탁?"

"응. 그래. 곧 호혈관의 장문인이 될 것이라 들었어. 앞으로 돈이 들어갈 일이 많을 테지? 그 돈, 내가 줄게."

"뭐?"

"네게 돈을 내어 준다고. 물론, 공짜로 준다는 것은 아니야. 그리 보지 마. 나 역시 루주로서 그러한 무익한 일은 벌이지 않아. 돈을 내는 만큼 아니, 그 배로 열심히 우리 기루를 지켜 줬으면 해. 그 어떠한 곳에서도 우리 기루를 건드리지 못하게 말이야."

"누이……."

낙천은 생긋 웃는 월영의 모습에 말문이 막혔다.

어떠한 말을 해야 좋을까.

그녀의 말은 모순 덩어리다.

세상에 어떤 멍청이가 그녀의 기루를 건드릴까.

홍안수가, 낭인왕이 배후에 있는 기루다. 그만큼 배짱 있는 이는 전 무림 아니, 온 세상을 뒤져도 찾을 수 없을 것이 분명했다.

"그럼 받아들이는 것이라 믿을게."

"……."

낙천은 생긋 웃는 그녀의 말에 무어라 대답하지 못했다. 그녀에게 있어 무익한 일임을 알면서도 말이 떨어지지 않는다. 그녀가 자신을 도우려고 둘러댄 것도 알고 있다.

하지만 낙천은 거절할 수가 없다.

그녀의 말대로 앞으로 들어갈 돈이 적지 않다. 적지 않다 뿐이랴, 기둥뿌리가 흔들릴 만큼 돈이 들어갈지도 모르는 일이다.
"아차, 그리고 한 가지 더."
"응?"
머뭇거리는 낙천의 모습에 월영이 빙긋 웃으며 말했다.
"네가 첫 남자가 되어 주었으면 하는 아이가 있어."
"그게 무슨 말이야? 첫 남자라니……."
낙천은 짝 손뼉을 치는 월영의 행동에 채 말을 잇지 못했다.
월영의 손뼉에 맞춰 걸어 들어오는 한 여인을 본 것이다. 얼굴에 붉은 홍조가 가득한 그녀는 미리 말을 맞춘 듯 조용히 월영의 곁으로 다가왔다.
"이리 와 앉아."
여인의 몸을 잡아끄는 월영의 손길은 거침이 없었다. 다가서기가 무섭게 그녀의 손목을 붙잡고는 낙천의 옆자리에 앉혔다.
"그럼 인사들 나눠. 나는 먼저 들어가 볼 테니까."
"누, 누이!"
"매영이라 합니다. 잘 부탁드립니다."
꾸벅.
당황하는 낙천의 옆에 앉은 매영이 고개 숙여 인사를 올렸다. 자리에 앉은 그녀의 얼굴에는 붉게 달아올랐던 홍조가 어느새 가셔 있었다.
"하……."

낙천은 재빨리 자리를 뜨는 월영과 옆에 앉은 매영의 얼굴을 번갈아 쳐다보고는 깊은 숨을 내쉬었다. 밤이, 밤하늘의 구름만큼이나 빠르게 흘러가고 있었다.

*　　*　　*

쪼로로!
낙천은 말없이 술잔을 채우는 매영을 쳐다보며 고개를 갸웃했다. 그녀에게서는 기녀에게서 흔히 맡을 수 있는 분 냄새가 나지 않았다. 느껴지는 향이라고는 텁텁한 먹 냄새뿐이었다.
"하하. 이것 참……."
낙천은 눈앞에 앉은 매영을 바라보며 어색하게 웃었다. 어찌 대해야 할지 답이 나오지 않는다.
"참으로 당황스런 누이이지요?"
낙천이 어깨를 으쓱이며 물었다.
"루주님의 본심을 모르는 사람이라면 그리 느낄 만한 분이지요."
"호오."
눈을 내리깔고 말하는 매영의 말에 낙천이 술잔을 손에 쥐고 말했다.
"그 말은 내가 누이의 본심을 모르는 사람이라 이겁니까?"
매영은 웃으며 묻는 낙천의 말에 고개를 조아려 답했다.

"소녀가 말실수를 하였습니다. 그런 뜻으로 건넨 말이 아닙니다."

"무엇이 말입니까?"

"제가 주제넘은 말로 마음을 상하게 하였습니다."

"허……. 이것 참. 내 마음이 상했다니요? 누이의 본심에 대해 평하더니만, 이제 내 마음까지 평하는 겁니까?"

"그것이 아니라……."

낙천은 당황해하는 매영을 바라보며 피식 웃었다.

이 정도면 되었다는 생각이 들었다.

손바닥에 놓고 굴릴 이라면 마다할 필요가 없다.

"그건 그렇다 치고 서예에 능한 모양입니다."

"예?"

"아아, 풍기는 향도 그렇고, 젓가락을 잡는 자세도 그렇고. 문향이랄까……. 그러한 것이 생각나서 하는 말입니다."

"문이라면 한때는 멍청한 서생들보다 낫다 생각한 적도 있습니다."

"잘 안다는 소리군요."

매영은 낙천의 말에 빙긋 웃었다.

"그것으로 루주님의 눈도장을 받았으니까요."

매영의 얼굴에 꽃처럼 화사한 웃음이 피었다.

"매영 누이와는 어떤 사이입니까?"

"기루에 적을 둔 기녀와 루주의 관계이지요."

"그것이 다입니까?"

매영은 낙천의 물음에 대답 없이 웃었다.

얼버무릴 대답 따위는 안 하느니만 못한 법이다.

매영은 꽃다운 웃음을 안주 삼아 낙천을 향해 가득히 찬 술잔을 건넸다.

"받으라는 게지요?"

낙천은 웃으며 고개를 끄덕이는 매영의 모습에 건네받은 잔을 내렸다.

"시시콜콜한 이야기는 좋지 않다는 것이군요."

"그럴 리가요. 소녀는 어떠한 이야기를 하시건 귀를 기울일 것입니다. 시시콜콜하고 지저분한 이야기라도 괜찮습니다."

"그런 것 치고는 조금 우스운 듯한데……."

"무엇이 말입니까?"

낙천은 다시금 화사한 웃음으로 답하는 매영의 모습에 쓰게 웃었다. 그녀의 웃음은 꽃처럼 아름다워 답답하다.

그것은 시원하게 웃는 범인은 지을 수 없는 잘 만들어진 가면에 가깝다.

연습과 노력 그리고 끝없는 반복.

저런 웃음을 똑같이 짓기 위해 얼마나 연습을 하였을까. 낙천은 가득 찬 술잔을 비우고 물었다.

"할 줄 아는 것이 글 말고 또 무엇이 있습니까."

"금을 조금 탈 줄 압니다."

"금. 금이라……."

"한 곡조 띄워 올릴까요?"

매영은 조용히 되뇌는 낙천을 향해 물었다. 정자 안에는 월영의 배려로 그녀에게 필요한 모든 물건들이 준비되어 있었다.

금부터 시작하여 먹과 벼루까지 일반 자리에는 준비되지 않는 것들이 즐비하게 놓여 있었다.

"아니, 아니. 되었습니다. 조금 탈 줄 아는 금을 들어서 무엇 하겠습니까."

"루주님에 비하면 손끝에도 미치지 못할 조악한 솜씨이긴 하지만 그래도 들어줄 만은 하답니다."

"됐습니다. 금을 좋아하는 것도 아니고 듣고 싶은 기분도 아니니 애쓸 것 없습니다."

"아……. 혹, 소녀가 마음에 들지 않는 것입니까?"

낙천의 모습에 매영이 애처로운 얼굴로 물었다. 두 눈이 붉어진 것이, 금방이라도 눈물이 떨어져 흐를 것만 같았다.

사내들이라면 가만히 두고 보지 못할 만큼 처연한 모습이었다.

"마음에 들 리가 있겠습니까. 나는 내게 사심을 품고 접근하는 사람을 좋아하지 않습니다."

타악!

낙천이 손에 쥔 잔을 거칠게 내려놓으며 말했다. 상 위에 그

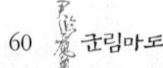

득한 먹을거리가 눈에 들어오지 않았다.

매영 때문이 아니다.

그녀를 맡긴 월영 때문이다.

"매영이라 하였습니까."

따갑게 가슴을 찔러드는 낙천의 말에 매영이 혼란한 머리를 털고 웃으며 말했다.

여기서 흔들리면 안 된다.

그녀는 생각했다. 고작 몇 마디 말에 흔들리기 위해 지금껏 얼굴을 매만지고 술잔을 비워 온 것이 아니다.

"예. 새벽 매(昧)자에 비출 영(映)자를 따 루주님께서 직접 지어주신 이름입니다."

"새벽을 비추는 이라……."

검푸르게 변한 하늘을 올려다보며 낙천은 빈 술잔을 들었다.

"잔을 채워 주겠습니까."

매영은 말없이 낙천의 잔에 술을 가득 따라 올렸다. 그의 태도가 왜 변했는지는 몰라도, 잔을 채워달라는 청을 거절할 이유가 없었다.

쪼로로로.

잔 위로 퍼져 오르는 매화 냄새가 코끝을 찔렀다. 돈이 있어도 쉬이 구할 수 없는 명주이니, 당연한 일일 것이다.

"꿀꺽!"

낙천은 가득 찬 잔을 단번에 비웠다. 코끝을 감도는 달콤한 향과 달리 목을 타고 넘어가는 술은 독하기 그지없었다.
"한 잔 하시겠습니까?"
매영은 잔을 건네는 낙천의 모습에 냉큼 잔을 받아 들었다.
"물론이지요."
매영의 얼굴에 꽃 같은 웃음이 되살아났다.
한 마디의 말보다 한 잔의 술이 좋을 때.
매영은 낙천이 건넨 잔을 받아 들고 웃었다.
쪼로로로!
빈 잔이 가득 찰 때까지 낙천은 술병을 쥔 손을 놓지 않았다. 매영이 이 자리에 있는 이유가, 그녀를 낙천의 앞에 세운 월영의 뜻이 손에 잡힐 듯 보였다.
"오늘이 가면 나를 다시 만날 일은 없을 겁니다."
"어째서죠? 소녀가 마음에 들지 않으신 건가요?"
"조건이 달린, 사심이 가득한 술자리는 별로 좋아하지 않습니다."
"하지만 세상이 그런 것 아닌가요. 애정이라 말하는 사랑 놀음도 그러한 사심에서 시작하는 것이라 생각해요. 가지고 싶다는 소유욕. 기루는 그러한 욕망 위에 지어진 누각이에요."
방긋 웃으며 말하는 매영의 눈에 힘이 실렸다. 가시처럼 매영의 눈빛은 날카롭게 보는 이의 가슴을 후벼 팠다. 사연이 많은 눈이다.

"좋은 눈빛이군요."

낙천은 힘이 실린 매영의 눈빛을 받아 넘기며 술잔을 비웠다. 방울져 남아 있던 술이 혀끝으로 떨어지며 씁쓰름한 술맛을 뿌렸다.

"기방의 기녀란 손님이 선택하면 따라 나오는 술상의 안주와 다름이 없지요. 하지만 저는 그런 꼴이 되고 싶진 않아요."

"어째서? 기녀라는 것이 원래 그런 것 아닙니까. 욕망 위에 세워진 누각의 상품이라면 그것이 당연한 일인데 어째서 당연한 일을 거부하려는 것입니까."

"어디에나 예외는 있는 법이니까요."

"예외라……."

매영은 빈 잔을 만지작거리는 낙천을 쳐다보며 술병을 들었다.

취기 때문이었을까?

아니, 그것이 아니다. 눈앞에 앉은 낙천 때문이다. 이 사내 때문이다.

"참 묘한 분이시군요."

"그게 무슨 말이오?"

매영은 고개를 갸웃거리는 낙천의 모습에 머릿속이 어지러워지는 기분이 들었다.

자신이 그런 말을 내뱉었다는 사실이 달갑지 않았다. 속내를 내비친 것 같아 기분이 좋지 않았다.

의도하지 않은 말과 행동들.

매영은 눈앞의 낙천이 묘한 사내라 느꼈다. 한마디의 말로, 가슴에 들어찬 응어리와 생각들을 모조리 끌어간다.

"기적에 오른 것도, 기녀가 된 것도 모두 제 선택이었어요. 술에 팔려 이리저리 끌려 다니고 싶지 않아요. 나는 남자를 선택할 수 있는 기녀가 될 생각이에요."

"해서 나를 부른 것입니까."

"아니요. 이번은 그럴 수가 없었어요. 제가 선택한 것이 아니에요. 힘을 가지지 못했으니까, 루주님께……. 귀한 손님께 팔려온 것이죠."

낙천은 딱 잘라 말하는 매영의 모습에 피식 웃었다. 처음 웃기만 하던 때와는 사뭇 다른 모습이다.

다른 기녀들처럼 그녀는 꺾기 쉬운 꽃이 아니다.

가시를 드러낸 위험한 꽃이다. 그렇기에 취하듯 사람들은 그녀에게 몰릴 것이다. 내년부터, 아니 이번 달이 가기 전 매영의 이름은 하북에 퍼져 나갈 것이 분명했다.

'그 앞에 내 이름을 달고서 말이지.'

꼴깍.

낙천은 가득 찬 잔을 비우며 눈앞에 앉은 매영을 바라보았다.

한 잔, 두 잔.

잔을 비울수록 향에 취한다는 생각이 들었다.

정자 안에 가득한 매화 향기에 취한 것이 아니다.
눈앞에 있는 매영의 몸에서 풍겨 나오는 텁텁한 먹 냄새에 마음이 취해가고 있었다.
"이래서 술을 좋아하지 않는 것인데……."
손에 쥔 술잔을 내려놓으며 낙천은 앞에 앉은 매영을 안았다.
밤하늘의 달조차 슬쩍 고개를 돌린 어둑한 날.
남녀가 정을 통하기 좋은 날이었다.

제3장
홍안수

따악.

조용하던 자리에 커다란 소리가 울렸다. 그 소리는 곧 파문이 되어 침묵으로 가득 찬 회의실을 울렸다.

"하실 이야기는 더 없으신 것입니까."

"흐음. 그게……."

방긋 웃는 낙천의 말에 자리한 누구도 속 시원히 입을 열지 못했다.

묻고 싶은 것도, 알고 싶은 것도 많은데 말이 나오지 않았다.

 평소 같았으면 당장이라도 따져 물었을 말을 누구도 뱉지 못했다.

 문원소 역시 그러했다. 입이 무거워서가 아니다. 사안이 중하지 않아서도 아니다.

 기세에 눌렸다.

 낙천의 옆에 선 홍안수.

 낭인왕이라 불리는 그의 기세에 마음이 질려 버렸다.

 "없습니까?"

 조용해진 자리에 낙천이 다시 한 번 되물었다. 더 할 말이 없다면 이대로 오늘의 회의를 마치고 집무실로 돌아갈 생각이었다.

 "하나, 궁금한 것이 있습니다."

 "음?"

 누구도 입을 떼지 못하는 자리 위로 또렷한 목소리가 흘렀다.

 권오성.

 전 장문인의 넷째 제자이자, 현 장문인인 이낙천의 사제인 그였다.

 "그래, 궁금한 것이 무엇이냐?"

 생글 웃으며 묻는 낙천의 말에 권오성이 작게 목을 가다듬어 말했다. 자리가 자리인 만큼 얕잡아 보일까 싶어 그의 두

어깨와 눈에는 잔뜩 힘이 실려 있었다.

"대사범의 자리에 오르신 홍안수 대협은 정확히 무엇을 가르치게 되는 것입니까? 현 호혈관의 무공입니까, 아니면 다른 무공입니까?"

차분히 흘러나온 권오성의 물음에 앉아 있던 이들의 눈이 커졌다.

"흠……. 나도 궁금하구먼. 그래, 무엇을 가르치게 되는 것인가?"

"본인의 무공을 가르치는 것인가?"

터져 나온 한 마디 말에 장로들이 맞장구쳤다. 새파랗게 어린 권오성이 나섰으니 이대로 앉아만 있으면 체면이 서지 않는다.

"나는……."

나지막한 목소리에 낙천을 향해 있던 눈이 일제히 돌아섰다.

권오성의 물음에 대한 답이, 낙천이 아닌 홍안수의 입에서 흘러나왔기 때문이다.

"꿀꺽!"

길게 늘어진 홍안수의 말에 방정맞은 누군가가 마른침을 집어삼켰다.

평소였다면 하품이나 내뱉었을 짧은 회의 시간이 억겁만큼 길게 느껴졌다.

크다.

자리한 이들의 한결같은 생각이었다.

눈앞의 낭인은 그 크기를 가늠할 수 없는 태산과도 같아 보였다.

"무공을 가르칠 생각이 없다."

쿵!

뇌성벽력처럼 홍안수의 말은 자리한 이들의 머릿속에 퍼져 나갔다.

"뭐, 뭐라 하신 게요? 지, 지금 뭐라 말씀하셨소?"

"무공을 가르칠 생각이 없다?"

홍안수의 말에 귀를 기울이고 있던 이들의 눈이 커졌다.

무공을 가르칠 생각이 없다?

홍안수는 자신의 말꼬리를 잡는 이들을 쓸어 보며 말했다.

"그렇다. 무공을 가르치지 않는다 하였다."

"그, 그게 무슨 소리오! 대사범의 자리에 올라 그 이름만 걸치고 있겠다 이거요!"

태연히 말하는 홍안수의 말에 문원소가 벌떡 자리를 차고 일어나 말했다. 그의 흥분한 얼굴이 불덩이처럼 달아올라 있었다.

"장문인! 그의 명성이 높다는 것은 잘 아는 사실이오만 한 문파의 중요한 자리를 그러한 이름만으로 내어준다는 것은 이치에 맞지 않는 일이오!"

"맞는 말입니다. 어찌 무공을 가르칠 마음도 없는 자에게 그런 중차대한 일을 맡긴단 말입니까!"

"그가 이러한 마음을 가지고 있음에도 그를 대사범의 자리에 앉히려고 한단 말이오? 그리한다면 우리도 이대로 가만히 앉아 있을 수만은 없소! 장문인의 독단에 호혈관이 휘둘리게 둘 수는 없소이다!"

버럭 소리를 내지르는 문원소와 장로들의 모습에 낙천은 생글 웃음 지었다.

이리 벌떼처럼 들고 일어나는 것을 보니, 지금까지 숨을 죽이고 앉아 있던 것이 거짓말 같았다.

"장로님들이 어찌 말씀하신다 하여도 제 마음은 변함이 없습니다."

"장문인!"

단호한 낙천의 말에 그를 믿고 지지하던 장원백까지 들고 일어나 소리쳤다.

"가르치지 않는 이에게 어찌 사범의 자리를, 그것도 대사범의 자리를 주려는 것이오!"

"그야, 그만한 자격이 있으니 당연한 것이 아닙니까."

"자격? 무슨 자격 말이오이까! 그는 무공을 가르칠 마음이 없다 하였소. 가르칠 마음이 없는 이에게 사범의 자리가 가당키나 한단 말이오?"

"옳은 말이오. 장 장로의 말처럼 그것은 가당치도 않은 말이오. 장문인 다시 한 번 생각해 보시는 게 좋을 거요. 무공을 가르치지 않는 대사범이라니……. 허허! 온 하북이 비웃을 일이오."

시끄럽게 떠드는 이들 속에서 홍안수는 빙긋 웃는 낙천을 보았다.

어떠한 의도가 있는 것일까?

홍안수는 이러한 낙천의 행동을 이해하지 못했다. 한 마디면 될 것을 이리 비틀고 저리 비틀어 결국 상황을 이렇게나 시끄럽게 만들었다.

"생각보다 마음이 잘 맞으시는군요."

"음?"

뜬금없는 낙천의 말에 소리치던 문원소와 장원백은 이맛살을 깊게 찌푸렸다.

홍안수에 대해 따지고 물었더니 대뜸 마음이 잘 맞는다 하니 어찌 그 말을 이해할 수 있을까.

문원소는 얼굴 가득 웃음을 머금은 낙천을 향해 말했다.

"뜬금없이 무슨 소리요? 마음이 잘 맞는다니? 지금 이 늙은이를 놀리는 겝니까?"

"하하! 놀리다니요. 그럴 리가 있겠습니까. 저는 그저 말씀을 드린 것뿐입니다. 그동안 서로 얼굴조차 마주 보지 않던 두 분께서 이리 입을 모아 말씀하시니 참 보기가 좋아서 말입니다."

"……!"

 빙긋 웃으며 하는 낙천의 말에 문원소와 장원백의 눈썹이 꿈틀거렸다.

 그가 마음이 잘 맞는다 말한 상대가 누구인지 이제야 깨달은 것이다.

 "제가 홍안수 대협을 대사범의 자리에 임명한 것은 무공을 가르치기 위해서가 아닙니다. 대협께서는 우리 호혈관의 무공인, 진사공을 알지 못합니다. 한데 어찌 가르칠 수 있겠습니까."

 "그러니 그게 말이 안 되는 것이라 하지 않소. 대체 가르칠 것이 없는 자를 대사범으로 둔다는 것이 가당키나……."

 "하지만 그렇다고 가르칠 것이 없는 것은 아니지요."

 낙천은 가당치 않은 일이라며 열을 내는 문원소의 말을 단박에 잘랐다.

 "그, 그게 무슨 말이오? 가르칠 것이 없는 것은 아니라니?"

 빙긋 웃는 낙천의 말에 장원백이 더듬거리며 물었다.

 낭인왕이라는 불리는 자다.

 검 한 자루로 세상을 살아왔고 무공을 빼면 남는 것이 없는 그가 대사범의 자리에 올라 무공 외에 무엇을 가르칠 수 있을까.

 장원백은 낭인왕이라고 불리는 홍안수를 쳐다보았다. 무공이 아니라면, 그의 명성에 기댈 것이 아니라면 그에게서 배울 것은 없다는 생각이 들었다.

낭인왕인 그에게서, 검수인 그에게 무가 아닌 문을 요구할 수도 없는 일이 아닌가.

"홍안수 대협께 배울 것은 실전을 위한 대련과 훈련입니다. 지금에 와서 다른 이의 무공을 배운다는 것은 호혈관의 명예를 땅바닥으로 처박는 일일 뿐입니다. 그러한 일을 벌일 만큼 저는 멍청하지 않습니다. 무공은 우리 호혈관의 무공으로 충분합니다."

"실전? 고작 그것뿐이라면 대사범의 자리를 주지 않아도 충분하지 않습니까? 대사범의 자리는 중한 자리입니다. 게다가 의도는 좋지만 그것은 지금의 대련으로도 충분한 바. 굳이 외부인을 그 중한 자리에 앉힐 필요는 없을 것이라는 생각이 드오만······."

낙천은 이의를 제기하는 문원소를 쳐다보며 고개를 끄덕였다. 오랜 시간을 문파의 수뇌로 살아온 만큼 말에 막힘이 없다. 주저함도 없다.

능수능란.

이박명의 세 치 혀라도 이어받은 듯, 문원소의 말은 한 치의 머뭇거림도 없었다.

"그렇게 생각한다면, 좋습니다. 사문의 모든 제자들과 사범들을 불러 모아 주십시오. 백문이 불여일견(百聞不如一見)이라 했으니 어째서 필요한지 두 눈으로 확인하는 것이 가장 좋겠지요."

"무엇을 말이오?"

찰칵!

빠르게 말을 이으려던 문원소의 입이 낮은 쇳소리에 닫혔다. 어느새 홍안수의 검이 가늘게 눈을 치켜뜬 문원소를 향해 겨눠졌다.

"이, 이게 무슨 짓이오!"

날카롭게 벼려진 기운에 회의실에 앉은 모두의 얼굴이 새하얗게 질렸다.

곁눈질로 훔쳐보고 있었음에도, 누구도 홍안수의 움직임을 보지 못했다.

……격이 다르다.

그는 눈으로 보아도 쫓을 수 없고, 막을 수 없는 절정의 고수인 것이다.

사악!

검 끝으로 퍼져나가는 한기에 회의실이 차갑게 얼어붙었다. 날카롭게 솟아오른 검 끝에서 북풍이 쏟아져 나오는 듯한 느낌이 들었다.

"실전 비무. 말 그대로 목숨을 거는 것이 좋을 거다."

밖을 향해 걸어 나가는 홍안수의 말에 그제야 하얗게 질린 얼굴로 앉아 있던 이들의 입에서 긴 숨이 터져 나왔다.

숨조차 쉴 수 없을 만큼의 압박감.

생전 처음, 절정 고수의 기운을 접한 이들의 몸은 이미 녹초가 다 되어 있었다.

* * *

"허……. 이것 참!"
따악!
군더더기 없는 간결한 한 수에 또 한 명이 나가떨어졌다. 현호혈관의 여섯 사범 중 하나인 여명총이었다.
"자, 장문인. 대련이 너무 심한 것이 아니오? 아무리 목검이라고는 하나 살수(殺手)가 그득하오."
초조하게 말하는 문원소의 말에 낙천이 얼굴을 찡그렸다.
"그렇기에 더욱 의미가 깊은 것이 아닙니까. 서로를 배려하기만 하는 대련은 의미가 없습니다."
"허, 허나 이것은 조금 과한 것이 아닙니까. 벌써 다섯이 쓰러졌습니다. 그 중 태반이 뼈가 부러지고 머리가 깨져 당분간 거동이 불가능할……."
"몸으로 깨친 만큼 다시 일어났을 때는 지금과 다를 겁니다."
"좋은 면만을 이야기해서는 안 됩니다. 공포에 질려 전보다 더 안 좋아질 수도 있음을 모르시는 겝니까?"
잘라 말하는 낙천의 모습에 장원백이 나서 말했다. 평소였다면 낙천의 말을 지지하였을 그였지만 오늘만큼은 아니, 지금만큼은 그럴 수가 없었다.

그의 제자 안수평이 홍안수의 손에 처참하게 패해 실려 나갔기 때문이다.

중상.

못해도 보름은 방 안에 몸져누워 있어야 할 제자를 생각하니 절로 홍안수를 보는 마음에 독기가 서렸다.

"하, 이것 참."

낙천은 따지듯 묻는 문원소와 장원백의 모습에 휘휘 고개를 저으며 말했다.

"두 장로께서야말로 무슨 말씀을 하고 계신 것입니까? 현실을 두 눈으로 직시하고도 모르시겠습니까?"

"그게 무슨 말입니까! 두 눈으로 직시하고도 모르겠느냐니요."

목청을 높이는 장원백의 모습에 낙천이 어깨를 으쓱이며 말했다.

"키우던 제자가 다쳤으니 심사가 불편하다 이겁니까? 그런 뜻이라면 실망입니다. 칼밥을 먹고 사는 이들이 우리 아닙니까. 모르시겠습니까. 그가 목검을 든 것만으로도 충분히 많은 양보를 한 것입니다."

"그, 그게 무, 무슨 말이오! 저게 양보, 양보라니!"

낙천은 목소리를 높이는 이들을 흘겨보며 싸늘히 웃었다.

멀리 자리에 모인 이들이 귀를 기울이는 것이 느껴졌다. 그들은 갑작스레 일어난 대련과 고성이 오가는 수뇌들의 모습에 당황한 표정이 역력했다.

"우리는 도(道)를 위해 검을 든 것이 아닙니다. 대체 언제부터 이리 나약해지신 것입니까? 부상? 공포? 실전이었으면 외마디 비명도 질러보지 못하고 죽었을 겁니다. 게다가 지금은 폐지되었다고는 하나 두 장로께서는 이전에 살행을 중심으로 한 실전 수련에 대해서 이미 찬성을 하셨던 적이 있지 않습니까?"

"그, 그것은……. 어쩔 수 없는 일이었소! 진마이극심법의 성질이 어쩔 수 없는 것이기에 거, 거기서 빚어지는 참극을 막고자……!"

"예, 그래서 제자 하나가 반병신이 되고, 둘은 살인귀가 될 뻔하였지요."

"그, 그건!"

조용한 낙천의 말에 장로들은 무어라 대답하지 못했다. 낙천이 언급하는 이들이 누구인지 누구보다 잘 알고 있었기 때문이다.

"그때의 장로들을 원망하고 있는 것은 아닙니다. 진정 호혈관을 위하는 마음을 가지고 일을 했을 거라 믿으니까요. 결과도 나쁘지만은 않았고……."

낙천은 굳어 있는 장로들을 지나쳐 연무장 위로 오르는 권오성을 보았다.

 살행(殺行).

 그것은 오래전 장문인의 제자들을 견제하기 위해 이박명을 필두로 하여 장로들이 서로 한마음으로 목소리를 높여 만들었던 수련법이었다.

 호혈관에 따를 자가 없다던 기재 유권문과 줄줄이 강해져가는 장문인의 제자들에게 장로들은 크나큰 압박을 느꼈던 것이다.

 점점 커져가는 압박 속에서 그들은 서로 모여 야합하였다. 그렇게 제어할 수 없는 살기를 개방하여 빠르게 숙련의 단계까지 키운다는 말을 앞세워 장문인의 제자들을 살행으로 이끌었다.

 현상범을 중심으로 시작된 살행은 분명 그들이 주장했던 만큼 빠른 습득은 있었다. 허나, 그 부작용 역시 무시할 수 없었다.

 빠른 습득은 심마를 불렀고, 심마는 더 큰 살의를 불렀다. 유권문과 이낙천을 비롯한 전 장문인의 제자들은 계속되는 살행에 살인귀가 되어가고 있었다.

 "그, 그래서 장문인께서 돌아온 이후 진마이극심법의 수행법을 바꾸었던 것이 아닙니까. 그와 같은 일이 재발하지 않도록 말입니다."

 "어째서 말입니까?"

"그야……. 장문인께서……."

"그 일로 우리들의 진마이극심법에 대한 성취는 비약적으로 성장하였습니다. 물론, 부작용도 없지 않았지만 결과는 어떻습니까?"

"결과라니요?"

"그때의 살행에 대한 결과 말입니다. 살행에 나섰던 셋째의 일은 애석하게 되었지만, 셋째를 제외한 나와 대사형은 더 큰 힘을 손에 넣게 되었지요."

"하지만……."

낙천은 고개를 돌려 자신의 눈을 외면하는 장로들을 쳐다보며 웃었다.

그들은 지은 죄가 많은 이들이다.

그렇기에 가슴에 두른 금고아도 많다. 제천대성처럼 그들이 날뛸 때면 삼장처럼 나서서 불호를 외듯 그들의 죄를 읊으면 된다.

가슴을 옭아매는 죄 앞에서 그들은 언제나 꼬리를 내릴 수밖에 없다.

"호랑이는 호랑이로 있을 때가 가장 좋은 것입니다. 발톱과 이빨을 모두 뽑힌다면 그것은 호랑이가 아니지요. 두 눈을 뜨고 봐도 모르겠습니까? 아니면 저리 허무하게 당하기만 하는 것이 호혈관의 무공이라 하고 싶으신 것입니까?"

"그것은…… 아니지만……."

낙천은 무어라 말하지 못하는 장로들을 쳐다보며 대련에 선 권오성을 가리켰다.

쓴소리를 한 번 내뱉었으니, 이제 입에 바른 말을 내뱉을 차례다.

"마침 좋은 상대가 나왔군요. 실전에 대한 중요성은 그를 보고 판단하시지요. 제 사제는 먼 길을 오는 내내 저와 대련을 치러왔으니까요."

"그게 정말이오?"

낙천은 길게 숨을 내쉬는 장로들을 바라보며 빙긋 웃었다.

대련?

호혈관을 향하는 동안 권오성과 그러한 것을 치룬 적은 단 한 번도 없었다. 하지만 대련에 들기 전 그에게 일러준 말은 있다.

'그럼 어디 얼마나 성장했는지 네 가치를 보여라.'

낙천은 포권하는 권오성을 바라보며 히죽 웃었다.

이것으로 그들뿐만 아니라 자리에 모인 이들 누구도 군소리를 뱉지 못할 것이다.

그간 폐관 수련에 들었던 권오성은 호혈관의 누구보다 강해져 있었다.

*　　*　　*

"음……."

홍안수는 포권하는 권오성의 모습에서 무시 못할 기백을 느꼈다.

그는 앞선 이들처럼 자신의 이름에 짓눌려 있지도, 쓰러진 이들의 모습에 겁을 먹지도 않았다. 당당히 자신 앞에 서 두 손을 곧게 펼쳐 들고 있었다.

진사공.

곧게 펼친 권오성의 손끝이 곱사등이처럼 굽었다.

사악!

두 손에서 풍겨져 나오는 흉흉한 기세에 홍안수는 내린 검을 들어 올렸다. 익숙하고 익숙한 기운이 공기를 팽팽하게 조였다.

살기(殺氣), 살기다.

눈앞에 선 권오성의 몸에서 살쾡이와 같은 살기가 뿜어져 나오고 있었다.

"그가 말하더군. 자네 같은 이가 하나쯤 나올 것이라고 말이야. 그럼 나도 사정을 봐줘서는 안 되겠군."

곧게 들어 올려진 홍안수의 목검이 우우웅 소리를 토해내며 울었다.

힘!

힘이다.

목검을 울리는 소리는 힘의, 내공의 소리였다.

'지금까지와 달리 내기를 운용한다 이거지?'

권오성은 내기가 실린 목검을 쳐다보며 입술을 핥았다. 몸이 바르르 떨려올 만큼의 커다란 기도에 전신이 내리 눌렸다.

과연 낭인왕 홍안수!

권오성은 떨리는 몸을 억누르며 자세를 다잡았다.

실수다.

기세를 낸다는 것이 살기를 품었다. 때문에 파고들 빈틈이 사라져 버렸다.

처음과 같이 내기를 싣지 않았을 때 끝을 내야 했는데, 실수를 범했다. 내기를 운용하기 시작한 그의 모습은 흡사 철옹성과 같았다.

'하지만, 그렇다고 해서 기회가 없는 것은 아니지.'

꾸욱.

이를 악무는 권오성의 눈초리가 칼날처럼 날카로워졌다. 울음을 토해내는 목검의 소리가 귀곡성처럼 귓가에 울려 퍼졌지만 괘념치 않았다.

그래봐야 목검.

날이 선 쇠붙이가 아닌 뭉툭한 나뭇조각일 뿐이다.

"타합!"

땅을 박차고 날아오르는 권오성의 입에서 커다란 기합이 터졌다. 단전에 가득 찬 내기가 기분 좋은 소리를 토해내며 온몸을 아울렀다.

힘!

그것은 홍안수만의 것이 아니다.

쉐에엑!

권오성은 똑바로 버티고 선 홍안수를 향해 매서운 쌍수를 날렸다.

곡선을 그리며 날아드는 쌍수에 바람이 찢겨져 비명을 내질렀다.

속(速)!

그것은 지금까지 누구도 보여주지 못한 빠르고 명쾌한 초식이었다.

"……."

홍안수는 말없이 날아드는 쌍수를 쳐다보며 몸을 비틀었다. 빠르고 경쾌하나 그것이 전부다.

'어린애군.'

홍안수는 강하지만 너무나도 정직한 공격에 헛웃음이 났다.

허초다.

그것은 아직 순수한, 사람을 속일 줄 모르는 이의 얄팍한 거짓말과 같았다.

따악!

홍안수는 검을 찔러 막을 수도 있는 그것을 막지 않았다.
보고 싶었다.
그가 허초에 품은 살초가 무엇인지 궁금해졌다.
쉬익!
생각한 대로 곧게 날아오던 권오성의 쌍수가 눈이라도 달린 듯 방향을 바꿔 홍안수의 목을 쫓았다.
매섭게 따라 붙는 쌍수에 홍안수는 손에 쥔 검을 들어올렸다.
순간.
콰직!
커다란 소리와 함께 들어올린 홍안수의 목검이 조각나 부서졌다.
목을 물어뜯는 뱀의 주둥이처럼, 권오성의 쌍수가 홍안수의 목이 아닌 목검을 물어뜯은 것이다.
"오오!"
부서져 날아오르는 홍안수의 목검에 자리한 이들의 입에서 감탄이 쏟아져 나왔다. 믿을 수 없는 일이 눈앞에서 벌어지고 있었다.
감히 누가 그의 검을 꺾을 수 있을 것이라 생각했겠는가.
홍안수의 손에 쥐어진 목검은 깨끗하게 부서져 덩그러니 자루만 남아 있었다.
'좋아!'

권오성은 자신 때문에 부서진 목검을 쳐다보며 회심의 미소를 지었다.

자신의 권이 그를 속이지 못할 것이라는 것을 잘 알고 있었다. 그렇기에 솔직하게 공세를 펼쳤다. 그가 자신의 수를 읽고, 자신의 수를 쫓기를 기다렸다.

쇄엑!

바스라져 나간 목검 뒤로 무방비한 홍안수의 목덜미가 보였다.

대어, 대어를 낚았다.

처음 내어준 솔직한 초식에 다시는 잡지 못할 대어가 낚여 퍼덕거리고 있었다.

파박!

온힘을 다해 내뻗은 쌍수가 바람을 가르며 홍안수의 목을 향해 날아들었다.

낭인왕.

검 한 자루로 무림의 왕이 되었다는 그의 목덜미가 눈앞에 있었다.

순간.

퍼억!

귓가에 믿을 수 없는 소리가 울렸다.

환희에 젖어 눈을 빛낸 순간이었다.

환청과 같이 울려 퍼지는 소리에 세상이 뒤틀렸다. 어째서

인지 쩍 벌어진 입이 다물어지지 않았다.

단전 위.

명치로 쏟아져 들어오는 고통에 제대로 숨을 쉴 수가 없었다.

"커……. 꺼억!"

폐부를 찌른 무언가에 억눌려 갈라진 숨이 힘겹게 쏟아져 나왔다.

한 치.

낭인왕의 목덜미를 한 치 앞에 놓아두고 권오성의 쌍수가 힘을 잃고 떨어졌다. 꼬치에 꿰인 참새처럼 권오성의 몸이 홍안수의 주먹에 꿰여 축 몸을 늘어트렸다.

울컥!

벌린 입으로 쏟아져 나오는 붉은 핏물이 뚝뚝 바닥 위로 떨어져 내렸다.

일 합.

단 일 합의 일이었다.

* * *

"허. 홍안수, 그가 저리 빠르고 강력한 강권을 감추고 있었다니……. 놀랍구려."

비무를 지켜보던 장로들의 입에서 탄식이 쏟아져 나왔다.

빈틈이 없는, 피할 길이라고는 보이지 않던 찰나의 순간 모두의 생각을 무시하듯 홍안수의 권이 권오성의 명치로 틀어박혔다.

"강권이라……. 그럴 리가요. 그의 방금 전 일 합은 권이 아니었습니다."

"그게 무슨 소리요. 장문인께서는 그의 권이 오성이의 복부를 후려치는 것을 보지 못하였단 말이오?"

놀라고 있는 장로들 사이로 낙천이 휘휘 고개를 저었다. 모두가 권이라 말하고 있는 홍안수의 일 합은 검식, 그것도 장검이 아닌 단검식이었다.

"권이었다면 무엇 하러 엄지를 밀어 쳐 넣었겠습니까. 낭인왕께서 보여준 한 수는 찌르기. 그것도 맨손을 활용한 단검식이었습니다. 그 증거로 일 격을 맞은 오성이의 입과 복부 위로 붉은 피가 흘러나오고 있지 않습니까."

"허! 그런……."

낙천의 말을 믿지 못하겠다는 듯, 장로들은 앞다퉈 널브러진 권오성의 몸을 훑었다.

과연 낙천의 말대로였다.

피.

쓰러진 권오성의 의복이 붉은 피로 서서히 물들어 가고 있었다.

"잘 싸워 줬지만 여기까지인 모양이군요. 호혈관의 인재들이라며 그렇게 자랑하던 사범들이 모두 바닥에 나자빠지다니……."

쯧쯧.

혀를 차고 일어서는 낙천이 어깨를 으쓱였다. 더는 볼 것도 없다는 모습이었다.

"사, 상대가 상대이지 않습니까. 천하 무림이 또 하나의 왕이라 인정한 홍안수 대협이 아니오. 애초에 불리한 싸움이었소."

"하하! 문 장로님. 그게 무슨 궤변입니까? 불리한 싸움이라니요. 문 장로님 말씀은 세상에 유리하기만 한 싸움이 있다는 것이십니까?"

"그, 그것은 아니지만……."

"애초에 목숨을 건 실전이었다면 모두가 죽었을 일입니다. 그리 자랑하는 호혈관의 사범들이 고작해야 목검 하나 부러트리고 모두가 나자빠졌습니다. 그런데 아직도 모르시겠습니까?"

"무, 무엇을 말이오? 우리가 뭘 모른다는 게요!"

낙천은 목소리를 높이는 문원소를 향해 한 걸음 다가가며 말했다.

"스스로의 자리를 말입니다. 정녕 느끼지 못하시겠습니까? 그렇다면 말씀해 드려야지요. 우리는 강해지는 법을 배우고 수련하는 이들입니다. 약장수들이 펼치는 남들의 눈요기가 되는 그런 시답지않는 권법을 노닥거리고 있는 것이 아니란 말입니다!"

"하, 하지만 그렇다고 해서 매번 이렇게 몸을 축내가며 싸우라는 말이오? 그것도 이기지 못할 그와 말이오?"

"최악의 상황은 언제고 닥치기 마련입니다. 그때를 위한 수련을 하지 않는다면 그 어떠한 수련이 의미가 있겠습니까. 자신보다 강한 상대에게는 목숨을 내어주라 가르치고 싶으신 겁니까?"

"누, 누가 그렇다 말했습니까! 나는……!"

터억!

낙천은 다시금 소리치는 문원소의 모습에 그의 왼쪽 어깨 위로 오른손을 얹었다.

"문 장로님. 도대체 언제까지 착각하고 계실 것입니까. 제게 고개를 조아린 것이 얼마 전이 아닙니까. 제가 장문인입니다. 언제까지 그렇게 빳빳하게 고개를 들고 제게 소리를 치실 요량이십니까."

"헉!"

한순간, 믿을 수 없을 만큼 짙은 살기가 낙천의 손을 타고 문원소의 가슴으로 파고들었다.

은밀하게 손끝을 타고 퍼진 살기는 문원소 이외에는 누구도 느끼지 못했다.

"오늘 일에 모두가 통감하고 느꼈을 것이라 생각합니다. 호혈관은 약합니다. 그렇기에 강해져야 합니다. 이 대련은 그러한 생존에 초석이 되겠지요. 살아남기 위해. 자신을 지키고 보호할 수 있는 것은 자신밖에 없는 것이 아닙니까. 안 그렇습니까. 문 장로님."

"꿀꺽!"

문원소는 생글 웃으며 말하는 낙천의 모습에 마른침을 삼키며 고개를 끄덕였다.

가슴을 파고드는 살기와 달리 생글 웃고 있는 얼굴에 문원소는 질겁해 몸을 떨고 있었다.

호혈관의 주인.

장문인 이낙천의 표정은 아무것도 모른다는 듯 평온하기만 했다.

보름에 한 번.

낙천이 제시한 대련 수련은 막힘없이 진행됐다. 반대를 부르짖던 이들의 입을 힘으로 눌러 닫고, 낙천은 매번 벌어지는 대련을 관전했다.

장로들은 못마땅한 듯 표정을 구긴 채 그의 뒤에 항상 서 있었다.

꼬투리를 잡기 위해, 자신들의 건재함을 보이기 위해 그들은 낙천이 가는 길이라면 빠지지 않았다.

그것이 오히려 많은 관원들의 눈에는 낙천에게 휘둘리고 있는 것으로 보인다는 사실을 그들은 아직 눈치채지 못하고 있었다.

"흐음."

낙천은 빠르게 진행되는 대련을 쳐다보며 고개를 끄덕였다.

세 번째.

오늘의 마지막 비무가 끝나가고 있었다.

"무덕 승!"

짧은 목소리와 함께 홍기가 들어 올려졌다. 치열했던 대련이 끝나고 승자와 패자의 명암이 갈렸다.

"제길!"

쓴소리를 내뱉는 현원의 입술로 붉은 피가 흘러내렸다.

너무 얕보았던 것일까.

지금껏 자신보다 약하다 생각했던 무덕에게 패한 그의 얼굴은 무겁게 내려앉아 있었다.

"아자!"

쓴소리를 내뱉는 현원과 달리 승자 무덕의 얼굴에는 함박웃음이 걸렸다.

환하게 웃음 짓는 입술 위로 붉은 피가 흘러내리는 것은 현원과 똑같았다.

아니, 얼굴이 성한 것은 오히려 패자인 현원이었다. 무덕의 얼굴은 알아볼 수 없을 만큼 퉁퉁 부어 터져 있었다.

씨익.

무덕은 물러서는 현원을 바라보며 웃었다. 부어 오른 얼굴이 고통으로 비명을 내지르고 있었지만, 조금도 아프지 않았다.

보름이다.

보름 동안 오직 오늘을 위해 내달린 수련은 결코 헛되지 않았다.

"그럼 이것으로 오늘의 대련을 마치겠습니다."

심사를 보았던 권오성의 짧은 말과 함께, 자리한 관원들의 박수소리가 연무장을 뒤덮었다.

승자와 패자.

확연히 명암이 갈린 자리인 만큼 모여 있는 이들의 얼굴 역시 명암이 갈려 있었다.

다만, 조금 다른 것이라고는 웃고 있는 패자도 있었고, 얼굴을 찡그린 승자도 있었다는 점이다.

"슬슬 일을 치를 때가 된 것 같군요. 다들 회의실로 모여주시지요."

낙천은 등 뒤로 선 장로들을 둘러보며 웃었다.

밝은 웃음이었지만 그러한 낙천의 모습에도 문원소는 같이 웃을 수 없었다.

"제가 장문인입니다."

아직 웃음 속에 섞인 비수가 가슴에 틀어박혀 빠지지 않고 있었다.

*　　*　　*

"모두 모인 것입니까?"

꽉 들어찬 회의실에서 낙천이 장원백을 향해 물었다. 이박명의 몰락 이후, 가장 큰 세를 가진 이가 장원백이 되었기 때문이다.

"중요한 이들은 모두 모였습니다. 슬슬 회의를 시작해도 좋을 듯합니다."

"흠. 그렇군요. 오늘 회의의 안건은 다들 아시다시피 호혈관의 재편성입니다. 제가 이전 회의에서도 말씀드렸듯이 기존의 세 개의 단을 두 개로 통합하고, 새로운 단을 만들 생각입니다."

공대로 바뀐 장로들의 말투에 낙천이 생긋 웃으며 말했다. 그날 이후, 호혈관 내에서 낙천의 위상은 몰라보게 달라졌다. 그것은 누구도 이야기하지 않았지만 모두가 알고 있는 사실이다.

장문인이다.

명분만 두고 봐도 호혈관 내에서 권력으로는 따를 자가 없는 자리다.

헌데, 그러한 그가 낭인왕을 등에 업었다. 아니, 업은 것이 아니라 그를 부려 다루고 있다.

장문인으로서, 천하의 낭인왕을 수하로 두었으니, 그 누가 그에게 이의를 제기하고 반론을 펼 수 있을까.

처음에는 뒤꽁무니로 쓴소리를 내뱉던 이들도 있었지만, 그리 오래가지 못했다.

박수도 마주쳐야 소리가 난다고 했다.

함께 말을 섞을 이들이 없으니, 어찌 뒷말을 뿌릴 수 있을까.

낙천이 나서 손을 쓴 것이 아닐까 생각하던 이들도 있었지만, 그것은 아니었다.

그저 관 내 모두가 자연스레 깨달은 것이다.

이낙천.

새로운 장문인이 호혈관을 완벽하게 장악했다는 것을 말이다.

"흠, 세 개의 단을 통합한다는 것은 어떤 의미입니까? 새로이 단을 만든다는 것은 결과적으로 다시 단이 세 개로 나뉘는 것이 아닙니까?"

조용한 회의실에 안수평이 고개를 갸웃거리며 물었다. 그는 장원백의 제자로 무공보다는 셈에 능하고, 누구보다 일찌감치 낙천에게 고개를 조아린 수뇌 중 하나였다.

"기존의 세 개의 단은 말 그대로 통합하여 두 개의 단으로 만들 생각입니다. 오늘 대련으로 확실히 알게 되었습니다. 처음이야 어땠는지 모르겠습니다만, 지금 세 단의 무공 고하는 그리 큰 차이가 나지 않습니다."

"허면, 그 셋을 둘로 통합한다는 말씀이십니까?"

"그렇습니다. 그 셋을 둘로 통합하고 단을 하나 새로 만드는 것이지요."

"허! 허나 그렇게 된다면 새로 만든 단의 인원이 없는 것이 아닙니까. 관에 예비 인원이 있는 것도 아니고, 세 단을 통합하고 새로운 단을 하나 더 만든다니 무리수가 있어도 한참은 있는 이야기입니다!"

낙천의 말에 문원소가 헛기침을 터트리며 말했다. 지금도 낙천의 미소만 보면 가슴이 찔끔거렸다.

하지만 그렇다고 입 다물고 있을 생각은 없었다.

문원소는 가슴이 찔끔거려 입이 굳을 때면 꾹 주먹을 움켜쥐곤 했다.

그것은 젊은 시절 겁을 이기기 위해 했던 오래된 그의 버릇이기도 했다.

고작해야 겁에 질려 할 말을 못한다면 사내가 아니다.

문원소는 그렇게 생각했다.

이제는 몸이 늙어 근골이 삭고 장대했던 기골이 물렁해졌지만, 그래도 도산검림(刀山劍林)이라는 무림에서 수십 년간 먹어온 칼밥이 있다.

겁에 질린 토끼가 되었다 할지라도, 지금껏 키워온 발톱과 이빨을 버리지는 못한다.

평생을 무림인이자 사파인으로 살아온 그가 아닌가.

낙천은 그러한 문원소를 바라보며 웃었다. 어깨에 잔뜩 힘만 주던 때와는 또 다른 문원소의 모습에 웃음이 났다.

"새로 만드는 단은 제가 직접 꾸리고 관리할 생각입니다. 인물들도 벌써 포섭해 두었습니다."

"새로운 이들을 들이신다는 말씀이십니까?"

낙천의 말에 자리한 이들이 웅성거리기 시작하였다. 장문인이 직접 나서서 꾸리고 관리하는 새로운 단이라니……. 생각지도 못한 문제다.

이미 홍안수를 등에 업은 그가 아닌가.

편중된 권력이 더욱 크게 기울지 모른다.

더 이상 낙천에게 권력과 세력을 주었다가는 그 누구도 막지 못하는 독선의 길에 빠져들 것이라 속삭이는 이도 있었다. 하지만 그것은 그저 가슴속 작은 치부를 숨기려는 변명일 뿐이었다.

회의실에 자리한 이들은 이대로 가다가는 자신들의 자리가 위험할지 모른다는 불안감에 빠져 있었다.

"아니 될 말씀이십니다. 새로운 인물들을 포섭하여 단을 꾸리겠다니요. 대사범의 일로 온 하북의 눈이 호혈관에 모여 있습니다. 더 이상 세력을 확장하였다가는 벌 떼처럼 들고 일어설 것입니다."

"맞습니다. 분명 세력의 확장도 좋고 새로운 이들을 받아들이는 것도 좋은 일입니다. 하지만, 급작스러운 것은 좋지 않습니다. 오랜 시간 균형을 이루며 자리를 잡아 온 하북입니다. 이러한 균형이 깨지는 것을 그들이 보고만 있지는 않을 것입니다."

장로진의 의견에 또 다른 이가 맞장구치며 말했다. 듣기 좋은 말들로 치장되어 있었지만, 그들의 눈은 진정으로 그것들을 보고 있는 것이 아니다.

자신의 자리, 자신의 밥그릇을 뺏길지 모른다는 불안감이 얼굴 가득 나타나 있었다.

"무림에서 명성이 자자한 이들을 뽑아 모을 것이 아닙니다. 그들은 무림에는 이름 하나 없는 무명소졸들. 그들을 가지고 단을 꾸린다면 뭐라 할 이들은 없을 것입니다."

"하지만……"

낙천은 말꼬리를 잡으려는 장로들을 바라보며 웃었다.

"뭘 걱정하시는지 잘 알고 있습니다. 앞선 일이기도 하고 그것보다 먼저 정리해야 할 일이 있는 것을 압니다. 그러한 문제도 오늘 이 자리에서 다 해결할 생각입니다."

"먼저 정리해야 할 일이라니요?"

차분히 말하는 낙천의 모습에 문원소가 물었다.

은연중에 살기를 찔러 넣던 때와는 다른 미소다.

꽃 향기가 살살 풍겨 나오는 듯한 기분 좋은 미소.

그렇기에 문원소는 더욱 긴장하고 있었다.

'대체 무슨 말을 하려고……'

문원소는 쉬이 말을 뱉지 않고 오래 뜸을 들이는 낙천의 모습에 속이 탔다.

그의 입가에 품은 미소가 짙어질수록, 그가 바라보는 이들이 많아질수록 가슴이 불안해진다. 저 폭탄과도 같은 입에서 무슨 말이 튀어나올지, 어떠한 말로 자신의 가슴에 칼을 꽂을지 불안해진다.

"한 달이 넘게 중요한 자리들이 공석으로 있었습니다. 그렇기에 문파 내에 많은 불안요소들이 자리하게 만든 점, 먼저 사과드립니다. 허나, 쉬이 결정할 수 있는 자리가 아니었던 만큼 오랜 시간의 숙고 끝에 결정을 내릴 수밖에 없었다는 점을 이해해 주셨으면 감사하겠습니다."

"허, 설마 총관과 부총관의 자리를……?"

누군가 내뱉은 말에 낙천이 웃으며 고개를 끄덕였다. 수많은 말이 있었음에도 오늘을 위해 비워 둔 자리다.

찍어 누르고 깎아내려 만든 그들의 불만을 달래기 위해 지금껏 꾹 참고 비워 둔 자리였다.

"먼저 총관의 자리에는 안수평 사범을 두기로 하였습니다."

"예? 저, 저 말씀이십니까?"

낙천의 말에 안수평이 깜짝 놀라서 되물었다. 생각지도 못했는지, 기쁨에 차 덜덜 몸을 떠는 모습이 숨김없이 드러나 있었다.

그뿐만이 아니다. 그의 사부 장원백과 그를 지지하는 장로들까지 모두 놀란 얼굴로 만족해 흡족한 웃음을 짓고 있었다.

"하!"

낙천의 말에 문원소의 입에서 거친 숨소리가 터져 나왔다. 총관의 자리를 안수평 따위에게 넘긴다니, 말도 안 되는 소리다.

자신이 있고, 자신의 제자가 있음에도 무공 하나 제대로 펼치지 못하는 안수평이 총관의 자리에 앉는다는 것에 화가 불같이 솟아올랐다.

가슴에 들어찬 낙천에 대한 공포가 지금만큼은 싹 달아나 사라진 것인지, 문원소의 눈이 이전과 다름없이 사납고 날카롭게 변했다.

"허면, 부총관의 자리는 어찌 되는 것입니까?"

문원소 측의 장로들이 불안해하며 물었다.

그 자리마저 장원백의 측근으로 세워 진다면, 자신들은 설 자리가 없게 되는 일.

그것만큼은 막아야 한다.

"부총관의 자리는 회의를 통해 뽑을 생각입니다. 무엇보다 총관인 안수평 사범과 손이 잘 맞는 이가 되어야겠지요."

"안수평 사범과 손이 맞는 사람을 뽑는다니요? 무슨 말도 안 되는 소리입니까! 손발이 맞는 사람이라니, 지금 애들 소꿉장난하자는 것입니까!"

낙천의 말에 문원소가 크게 반발했다. 목을 내어놓더라도 더는 물러서서는 안 된다는 위기감이 모두를 통해 전해진 것이다.

"소꿉장난 따위를 생각할 리가 없지 않습니까. 여러분께서 소꿉장난하듯 부총관을 뽑을 거라 생각지도 않고요."

"허면 무엇입니까! 어찌 안수평을 총관의 자리에 올리고 그와 손이 잘 맞는 이를 부총관으로 뽑는다고 하시는 겁니까!"

버럭 소리 지르는 문원소의 말에 낙천이 빙긋 웃으며 말했다.

"한 달이 넘도록 지켜보고 내린 결정입니다. 안수평 사범은 이 자리에 있는 누구보다 셈에 빠르고, 많은 관원들과 사범들을 상대하고 있습니다. 총관의 자리에는 무공보다 더 필요한 다른 자질들이 있는 것 아닙니까. 그런 총관의 손을 거드는 것이 부총관이니 이는 더 말할 것도 없지요."

"허나……!"

"아직 제 말, 끝나지 않았습니다."

낙천은 금방이라도 노기를 터트릴 것 같은 문원소를 똑바로 바라보며 말했다.

움찔!

날카로운 낙천의 눈빛에 다시금 이전 날의 살기가 떠오르는

지, 금방이라도 터질 것 같던 문원소의 입이 꾹 닫혔다. 한순간, 단 한마디의 말과 눈빛에 몸이 먼저 얼어 버렸다.

"안수평 사범을 총관으로 임명함과 더불어 장로장으로는 문원소 장로를 임명할 생각입니다."

"어?"

어느새 빙긋 웃음 짓고 선 낙천의 말에, 다른 장로들의 입에서 탄성이 터져 나왔다.

총관의 자리를 내어주고, 장로장의 자리를 가져온다?

문원소를 지지하는 장로들에게 그것은 한 줄기 봄비와도 같은 소식이었다.

"위 두 임명에 대해 불만을 가지신 분 계십니까?"

낙천은 서로 이리저리 재고 있는 게 분명한 이들을 둘러보며 말했다.

데굴 데굴.

머리가 돌아가는 소리가 들린다면 조용한 회의실이 잡소리로 가득해질 것 같다는 생각이 들었다.

"없습니다. 찬성합니다."

"찬성합니다."

"좋은 임명입니다. 찬성합니다."

얼마의 시간이 지났을까.

서로에 대한 셈이 끝난 것인지 자리한 이들의 입에서 찬성의 말이 쏟아져 나왔다.

총관과 부총관 그리고 장로장.

따져 보았을 때 서로 나쁠 것이 없는 일이란 생각이 든 것이다.

"그럼, 새롭게 자리에 앉게 된 분들께 축하의 박수를 전하고 아까 이야기로 다시 돌아가지요. 새로 단을 만드는 데에 관한 문제는……."

태양이 중천을 지나는 오후.

그렇게 호혈관의 신단(新團) 창설은 누구의 반대도 없이 진행되어 가고 있었다.

제5장
현청진공(賢淸進功)

"헉!"

장판추는 목을 겨누는 장창에 헛숨을 내뱉었다.

간밤에 꿈자리가 사납더라니만 저승사자가 눈앞에 나타났다.

"뉘, 뉘쇼!"

"본인이 더 잘 알고 있을 텐데."

"무, 무슨 소리요! 내 어제 도박판에서 소란 좀 핀 것 가지고 그러는 모양인데, 거 행패 한번 피운 것 가지고 너무하는 것 아니오. 내 전 재산을 홀랑 날려……."

파악!

장판추는 내뱉던 말을 끝까지 마치지 못했다.

한 끗, 한 끗 차이다.

목에 겨눠진 장창이 베갯머리를 파고들어 침상에 박혔다. 왼쪽 목덜미가 시큰한 것이, 날카롭게 선 창끝이 왼쪽 목덜미를 할퀴고 간 모양이었다.

"걸리는 게 그것뿐이 아닐 텐데."

"나, 나는……."

덜덜!

장판추는 떨리는 두 손을 가만두지 못했다. 사실 처음 눈을 뜬 그 순간부터 알고 있었다. 두 눈보다 빠르게 코가 알아차렸다.

전장.

피와 진창이 가득한 그 냄새를 어찌 잊을 수 있을까.

잘근.

장판추는 아랫입술을 씹었다. 파고든 송곳니에 진득한 피가 입안으로 흘러 퍼졌다.

"제2군 진영의 3곡 2둔 막사의 장판추. 맞지?"

"쯔읍……."

장판추는 사내의 물음에 대답 없이 입술 사이로 터져 나온 핏물을 빨았다.

물을 것도 없다.

영위군이다.

어찌 찾아왔는지 몰라도, 눈앞의 사내는 탈영병을 쫓는 영위군이 분명했다.

'멈춰! 멈춰! 이런 곳에서 죽을 수는 없잖아!'

바르르!

장판추는 떨리는 손을 멈추려 애쓰며 깊게 숨을 들이마셨다. 호굴에 물려가도 정신만 차리면 산다 했다.

"장판추!"

장창을 들이댄 괴한은 그러한 장판추의 모습을 바라보며 소리쳤다.

"마지막으로 묻는다. 대답이 없으면, 맞는 것으로 간주하겠다. 제2군 진영의 3곡 2둔 막사의 장판추가 맞지?"

"그륵……"

괴한의 말에 자신도 모르게 입을 벌린 장판추의 입에서 괴이한 소리가 새어나왔다. 벌린 입으로 줄줄 거품이 흘러나오고 있었다.

"이 무슨……"

괴한은 급작스런 상황에 장판추를 향해 고개를 들이밀었다. 벌린 입으로 줄줄 침이 흘러넘치는 것이 그리 좋지 않아 보였다.

순간.

"푸욱!"

흘러넘치던 침이 괴한을 향해 쏟아졌다.

"……!"

침.

아니, 침이 아니다.

괴한은 한순간 두 눈을 뒤덮은 핏물에 얼굴을 구겼다. 핏물이 튄 눈이 새빨갛게 물들어 부비고 부벼도 제대로 뜰 수가 없었다.

파악!

괴한이 황급히 뒤로 물러서며 장창을 곧추세웠다.

"영위군도 전시라 말이 아닌 모양이지? 너 같은 놈이나 보내고 말이야."

"자, 잠깐 나는……!"

파악!

말을 들을 새도 없이, 장판추는 침대 밑에 둔 도끼를 집어들어 괴한의 정수리를 찍었다. 목숨과 맞바꾼 기회를 놓칠 그가 아니었다.

쩍!

갈라진 머리 위로 피 분수가 솟아올랐다.

희멀건 뇌수와 치솟아 오르는 붉은 피가 방안 가득 퍼졌다.

"후우!"

장판추는 피바다가 된 자리를 둘러보며, 손에 쥔 도끼를 닦

앉다.

 전장을 떠난 후 오래간만의 일이었지만, 그것은 그 어떤 일상보다도 몸에 밴 일이었다.

 "역시 둔장. 쉽게 죽을 사람은 아니라 생각했소."
 "어……?"
 듣기 고까운 목소리.
 장판추는 문을 열고 들어서는 사내의 모습에 놀라 나자빠졌다.
 "형씨가 어떻게 여기에……."
 이낙천.
 장판추는 문을 열고 들어서는 낙천의 모습에 놀라 소리쳤다.
 "서, 설마 형씨가 나를 영위군에 팔아넘긴 거요?"
 바짝!
 장판추가 도끼날을 세우며 물었다. 놀란 것도 잠시, 장판추는 빠르게 전투태세를 갖추고 있었다.
 "그럴 리가 있겠소? 내가 뭐하러 둔장을 팔아넘기겠소. 영위군에 가면 나도 죽을 것이 뻔한데."
 "그도 그렇지만……."
 벅벅!
 장판추는 피 묻은 뒷머리를 긁적이며 자리에서 일어섰다. 사람 좋게 웃고 있었으나, 쉽사리 믿을 수가 없다.

반가운 얼굴이지만, 반갑게 맞을 수도 없었다. 웃으며 맞기에는 지금 상황이 너무도 좋지 않았기 때문이다.

두근.

긴장한 심장이 터질 듯 요동쳤다.

오랜만에 맡은 피 냄새 때문일까.

팽팽하게 당겨진 긴장감에 바짝 입술이 말라왔다.

"둔장뿐만이 아니오. 나, 이걸, 금사용 모두가 쫓겼소."

"그게 무슨 말이오. 모두가 쫓기다니."

낙천의 말에 장판추가 침상에 걸터앉아 물었다. 여차 해서 그와 싸움이 벌어진다면, 침상을 뒤엎고 달아날 심산이었다.

"말 그대로요. 모두가 쫓겼소. 그리고 이걸도 금사용도 지금은 모두 나와 함께 있소."

"대체 무슨 말을 하는 거요? 갑자기 불쑥 튀어나와 무슨 말을 하는지 알 수가 없구먼."

씩.

낙천은 장판추의 이마 위로 흘러내리는 붉은 핏방울을 쳐다보며 웃었다.

바짝 긴장한 것이 손에 잡힐 듯 보인다. 이마 위로 흘러내리는 피는, 핏물이 아니다.

땀이다.

들러붙은 핏물에 땀이 섞여 흘러내리고 있었다.

"나는 새로운 전장을 찾았소. 그곳에는 아직 많은 이들이 필요하지요."

"다시 용병으로 돌아간 건가? 흥! 이쪽 전장에는 낄 수 없을 테니, 반군 쪽에 붙었겠군. 그래서 영위군이 따라붙은 것인가. 반군의 씨앗을 쫓고자?"

장판추는 낙천의 모습에 가슴이 떨려오는 것을 느꼈다. 그에게는 빚이 있다. 하지만 목숨을 빚진 것을 목숨으로 갚고 싶지는 않았다.

적이라면 벤다.

장판추는 손에 쥔 도끼를 꽉 움켜쥐었다. 지금까지 그래 왔고 그것은 앞으로도 똑같을 일이었다.

"나는 다시 전장으로 돌아가지 않아. 그 빌어먹을 곳에 가서 내가 잃은 것이 얼마인데? 변방의 흙먼지를 먹어가며 맘 졸이고 싶지 않아. 아무리 댁이 와서 구슬려 봐야 소용없어. 나는 절대 돌아가지 않아."

"그렇소?"

낙천은 마른 입술을 핥는 장판추를 바라보며 어깨를 으쓱했다.

"나 역시 마찬가지요. 전장으로는 다시 돌아가고 싶지 않지요. 그것은 다른 두 사람도 같소."

"헛소리! 무슨 말을 하려는지 모르겠지만, 전장으로 돌아갔다고 했잖아? 나를 구슬릴 생각하지 마. 나는 지금 이대로가 좋아."

"이대로라면 영위군에게 계속 뒤를 쫓기게 될 텐데 말이오?"

"그게 다 네놈 때문인 거 아니냐!"

"오해가 있는 모양인데, 아니요."

"아니긴 뭐가 아니야! 지금껏 얌전하던 영위군이 튀어나오고 거기다가 네놈이 이렇게 바로 따라붙었는데 아니긴 뭐가 아니야!"

버럭.

소리를 내지르는 장판추를 모습에 낙천은 어깨를 으쓱였다.

"원래대로라면 지금 따라붙는 것이 맞을 거요. 전쟁이 끝이 났으니, 이제 하나둘 붙을 때가 되었소."

"뭐? 전쟁이 끝났다고? 말도 안 되는 소리! 전쟁이 끝날 리가……. 방금 네놈도 전장으로 돌아갔다고 했잖아?"

"예. 새로운 전장. 창칼을 들고 뛰는 것은 같으나, 군장도 군복도 입을 것 없는 전장이오."

"이제 보니 미친 것이로군. 말도 안 되는 소리 집어치워! 군복 없는 전장이 어디 있어. 미쳤군. 목숨이 몇 개는 되는 모양이지?"

낙천은 크게 소리치는 장판추를 향해 말했다.

그는 쉽게 흥분하고 손속이 거친 자인만큼, 이쯤에서 본론을 꺼내는 것이 좋을 거란 생각이 들었다.

"무림. 그곳이 내가 찾은 새로운 전장이오. 다시 나와 함께

하지 않겠소?"

"뭐? 그게 무슨……."

싱긋.

놀란 눈을 뜨고 묻는 장판추를 보며 낙천이 웃었다. 반짝 빛나는 낙천의 눈 안에 장판추가 우리에 갇힌 멧돼지처럼 우두커니 앉아 있었다.

　　　　　＊　　　＊　　　＊

타닥.

타들어가는 모닥불 앞에서 장판추는 오랜만에 만난 전우들을 보았다.

"거 다들 뭐하고 지냈수?"

적막한 자리에 장판추가 팔을 걷어붙이고 물었다. 오랜만에 만난 얼굴들인데, 한 점의 반가움도 없어 보였다.

"뭐 별거 있나. 그냥 사는 대로 살았지."

"꼴을 보아하니 대충 산 것은 아닌 것 같은데, 거 솔직히 이야기 좀 해 보쇼. 오랜만에 만난 거 아니유."

어깨를 으쓱이는 이걸의 모습에 장판추가 다가서며 물었다. 어색함이 가득한 자리의 분위기를 바꿔보고 싶었던 것이다.

"고향으로 가려 했는데, 막상 돌아가 보니 고향이 없어졌더군. 해서 어쩌겠는가. 부평초처럼 산 거지."

"것 참……. 형씨는 어찌 살았수?"

"나?"

조용히 앉아 있던 금사용이 장판추의 말에 어깨를 펴고 말했다.

"조금이지만 가진 돈으로 돈을 좀 불려 보려다가 좆 됐지. 장사나 한 번 해 볼까 했는데, 도대체 아는 게 있어야 말이지. 사기 한 번 당하고, 사기 친 놈 잡아 때려죽이고 나니 어디 발붙일 곳이 하나 없더군."

"허! 사기를 당했수? 대체 어떤 놈이 형씨에게 사기를 친 거요?"

"이미 죽은 이를 말해 무엇하겠나. 다만 나는 그 일로 한 가지를 확실하게 알게 되었네."

"뭘 말이오?"

"허리춤에 찬 칼을 벗기에 나는 너무 깊은 진창에 빠져 있다는 거."

"아…….'

금사용은 더는 말하지 않은 채, 밤하늘 높이 뜬 달을 올려보며 그대로 몸을 뉘였다.

"사람은 말이야, 각자 다 자기 업이 있는 거란 생각이 들었단 말이지. 칼 차고 나와서 몇 명을 베어 죽였는지 셀 수도 없어. 벗어나려고 손 털고 나와 봐야 성질나면 칼부터 들이밀고 보니 남는 게 없더란 말이지."

"쩝. 그건 그럽디다. 뭣도 모르는 놈들이 깝을 싸대니 어디 가만히 있을 수가 있어야지."

"쯧. 사람들 하고는. 성질을 죽이는 것도 자기 수양인 걸세. 나는 더 이상 칼 맞을까 벌벌 떨고 싶진 않아."

"허, 그럼 왜 따라 나선게요? 무림하면 일 년 내내 도검이 오가는 전쟁터라 하더만."

금사용과 장판추의 말에 이걸이 모닥불을 휘저으며 말했다.

"더 살고 싶어 그러네. 영위군이 쫓기 시작했다면 혼자의 힘으로는 피하기 어려워."

"겨우 그것 때문이오?"

"겨우 그거? 이봐, 자네는 지금 무언가 큰 착각을 하고 있는 것 같은데."

이걸은 시시하다는 듯 말하는 장판추의 모습에 자리를 털고 일어섰다.

"사는 게 우선이야. 무엇보다 사는 게 우선이라고. 나는 먹고 살기 위해 사람을 베었어. 그리고 지금은 죽지 않기 위해 사람을 베려 하고 있어. 그것이 겨우인가? 사는 것이 자네에게는 겨우라는 말과 같이 시시한 것인가?"

스멀 스멀.

장판추는 이걸의 몸에서 피어오르는 살기에 움찔 몸을 떨었다. 예전에도 느꼈던 것이지만, 화를 내는 그의 눈은 흡사 맹수와 같이 날카롭고 두려운 무언가가 있었다.

"그냥 말이 그렇다는 거요. 내가 언제 사는 게 시시하다 했소? 나는 그냥 그렇다는 거요. 목표라는 게 있는 거 아뇨."

"목표?"

"거 둘이 어째서 그의 청을 받아들였는지는 모르겠으나 나는 확실한 목표가 있소."

"그게 무엇인가?"

살기를 죽이고 묻는 이걸의 말에 장판추가 시원하게 웃으며 답했다.

"허리를 굽히지 않고 살아도 되게 만들어 준다고 했소. 영위군도 무섭지 않게 만들어 준다더군."

"그가 말인가?"

장판추는 누인 몸을 일으키며 묻는 금사용의 모습에 고개를 끄덕였다.

"무공. 나는 그의 밑으로 들어가 무공을 배울 거유."

텅텅!

가슴을 치며 말하는 장판추의 얼굴에 한 줄기 빛이 내려앉았다.

서른이 넘은 나이.

장판추는 아이와 같은 얼굴로 순수하게 기뻐하고 있었다.

*   *   *

 고즈넉한 밤.

 낙천은 폐사찰에 들렀다. 수도승조차 등을 돌리고 떠나버린 사찰은 거미들이 모여들어 주인 행세를 하고 있었다.

 겹겹이 줄을 이어 친 거미집이 병풍처럼 사찰 내부를 두르고 있었다.

 "빼앗기고 빼앗고. 뭐 다 그런 것이지. 그 사이에 껴서 너희들만 덕을 보는구나."

 쌜죽 웃은 낙천은 겹겹이 쌓인 거미줄을 떼어내며 말했다.

 "흠! 우리는 이 사찰을 빼앗은 게 아니오이다."

 혼잣말인 듯 싶었는데, 그것이 아닌 모양이었다.

 깊은 어둠 속.

 낙천은 어둠을 걷고 걸어 나오는 사내의 모습에 고개를 끄덕였다.

 "하지만 어찌 되었던 간에 결론은 같지요."

 싱긋 웃으며 말하는 낙천의 입가에 잔주름이 끼었다. 어지간해서는 볼 수 없는, 진심으로 즐거워하는 웃음이었다.

 "흥! 어째서 보자 하신 게요."

 "어째서라니요. 위약금을 받기 위해서이지요."

 "하! 위약금?"

 모습을 드러낸 사내는 낙천의 말에 기가 찼다.

위약금이라니 당치도 않은 소리다.

"대체 무슨 위약금 말이오?"

"청부를 하였는데, 그를 완수하지 못하였으니 위약금을 받는 것이 당연한 것 아닙니까."

"그럼 지금이라도 다시 나서 그 셋을 죽여 드리오리까? 삼급이 아닌 이급 살수들이 나서겠지만, 내 특별히 돈은 더 받지 않으리다."

"하하!"

낙천은 잘라 말하는 사내의 말에 크게 웃었다. 은글 슬쩍 찌르니, 발에 밟힌 지렁이처럼 몸을 꿈틀 댄다.

"애초에 그들이 죽는 것을 바란 것이 아니지 않소? 그저 연기가 필요한 것 아니었소이까? 청부금이 컸던 것은 그들의 목숨을 건 연기가 필요했기 때문이라 생각했는데 말이오."

"마치 애초부터 모든 것을 알고 있었다는 듯한 말씀이십니다."

"그럴 리가. 다만 한 가지, 쉬운 청부가 아니라는 것은 알고 있었소. 일급 살수를 살 수 있는 돈으로 삼급 살수를 산다? 여러 가지 청이 더 붙기는 하였지만 그것은 애초에 말이 안 되는 청부였소."

"하지만 받아들이지 않았습니까."

"그랬지. 우리에게 필요한 것은 돈이었고, 당신에게 필요한 것은 목숨을 건 연기자들이 아니었소? 이해관계는 거기서 맞물렸다 생각하는데 말이오."

낙천은 사내의 말에 고개를 끄덕였다.

맞는 말이다.

그와의 이해관계는 그 작은 것에서 맞물려 성립된 것이다.

"하지만 청부를 불이행한 것은 사실 아니오? 그들은 살아 있습니다."

"정말 그들이 죽기를 바라는 게요?"

"글쎄요. 내 마음이야 어찌 되었든 간에 계약상으로는 그러한 것이니까."

사내는 입술을 쌜죽거리며 웃는 낙천의 모습에 얼굴을 구겼다.

"무엇을 바라는 게요?"

"예?"

"내게 무엇을 바라는 거냐 물었소. 앞서 말했던 것처럼 그들을 정말로 죽여주길 바라는 게요?"

"하하. 설마요."

"그럼 왜 그런 꼬투리를 잡는 게요."

"계약은 계약이니까."

"그래서 위약금을 달라는 거요?"

탁.

낙천은 날카로워지는 사내의 목소리에 바닥을 굴러다니는 돌멩이 하나를 걷어찼다.

"돈도 좋지만, 지금은 푼돈에 목을 맬 필요가 없으니 됐습니다. 돈 말고 다른 걸 줬으면 합니다. 필요에 따라서는 계약금 이상의 돈을 더 드릴 수도 있지요."

"위험한 소리만 하시는군."

"지금 나에게 필요한 건 돈이 아니니까."

빙긋.

낙천은 가늘어진 사내의 눈을 똑바로 쳐다보며 말했다.

"줄은 잘 서야 하는 겁니다. 지금 같은 시국에는 더욱 그러하죠. 내가 당신이라면 지금 당장 저울질을 시작하겠습니다. 그리고는 추가 기우는 것을 보고 올바른 선택을 할 겁니다. 운명이 뒤바뀔지 모를 일이 될 테니까 말이죠."

"흠……!"

어둠 속에 녹아들 듯 낙천의 입가에 내리깔린 미소가 진득해졌다.

남은 것은 이제 하나.

어둠을 주시하는 낙천의 눈이 반짝 빛났다.

          *   *   *

"오늘쯤 올 것이라 생각했네."

불쑥.

어둠 속에서 모습을 드러낸 인영에게 사산이 말했다.

하북 땅에 들어서기 전의 무명산.

사산의 냄새가 가득 풍기는 그곳은 아는 이가 없는 그의 터였다.

"일전의 일에 대한 감사도 못 드렸고, 부탁드린 일에 대해서도 듣지 못하여 이리 찾아 왔습니다"

"끌끌끌! 그렇군. 그래, 피 냄새가 나는 것을 보니 또 몇이나 저승으로 끌고 내려간 모양이지?"

"그래야 선물을 찾을 수 있을 테니까요."

싱긋.

낙천은 웃으며 소매 안에 감춰둔 헝겊을 꺼내 건넸다. 조심스럽게 건네는 모습이 중한 물건이 담긴 듯싶었다.

"호오."

사산은 피 묻은 헝겊을 받아 들며 조심스레 그 안의 내용물을 살폈다.

안구.

피 묻은 헝겊 안에는 아직 채 식지도 않은 뜨거운 안구가 자리하고 있었다.

"청목(靑目)이구먼. 어디서 구한 것인가?"

푸르스름한 안구의 모습에 사산이 물었다.

청목이라니……. 쉽게 구할 수 있는 것이 아니다.

"아랫마을 산 어귀에 귀신이 산다는 말을 들었습니다. 처음에는 주제넘게도 어르신의 이야기일 것이라 생각했습니다만,

어르신께서 그러한 이들에게 모습을 보일 리가 없다는 생각이 들어 말입니다."

"흥! 당연한 말을. 무지렁이 범부들이 이곳을 어찌 찾을 수 있을까. 선인곡에 쳐졌다는 운무진만큼은 아니더라도 이곳에 쳐진 황하진은 결코 얕잡아 볼 만한 것이 아니야."

"하하. 알고 있습니다. 그러니 먼저 나서 귀신을 잡아온 것이 아닙니까."

"흥! 귀신이라."

사산은 헝겊에 가려진 안구를 다시금 쳐다보고는 갈무리했다.

아름다운 눈이다.

사람을 홀리는 귀신의 눈이라는 별명이 아깝지 않은 미목(美目)이다.

"어찌 되었건 귀한 것을 얻었군. 자네에게 눈을 빼앗긴 귀신은 어떻게 되었는가."

"진정 귀신이 되었겠지요. 마을 처녀들과 빼앗겼던 산약재며 귀금속은 모두 마을에 돌려주었습니다."

"쯧! 아깝군. 산약재라면 내게 가져오지 그랬나."

"어르신께서 탐내실 만한 약재들이 아니었습니다."

"자네가 몰라서 하는 소리야. 약재들은 좋고 나쁨을 떠나서 있으면 어디에든 쓰게 되는 거야. 필요할 때 찾아봐야 이미 늦은 게지."

"그렇군요."

"약재들보다 수십 배는 더 귀한 것을 얻었으니, 내 더는 잔소리를 하면 안 되겠지."

툭툭.

사산은 자리를 털고 일어나 낡은 산장으로 걸음을 옮겼다. 낙천은 그러한 사산의 모습이 익숙한 것인지, 뒤따르지 않았다.

끼익, 소리를 토해내는 나무문 사이로 뒤섞인 약재의 냄새가 흘러나왔다.

사산의 집.

산 중턱에 자리한 그의 산장은 세상 그 어느 곳보다 위험한 곳이다.

중원천지에 없는 독이 없고, 그러한 독들이 약재와 뒤섞여 두서없이 늘어서 있다.

약재와 독을 늘어놓은 사산이 아니라면, 걸음 한 번으로 비명에 갈 수 있는 사지가 바로 그곳이다.

"입에 맞을지 모르겠구먼."

산장으로 들어선 사산이 찻잔을 들고 나왔다.

부글부글.

사산의 손에 쥐어진 찻잔은 불길 없이도 뜨겁게 끓어오르고 있었다.

"내 본래 손님을 맞지 않아 다도건 예건 모르니, 그건 그냥 알아서 마시게."

"하하. 예, 그리하지요."

슬쩍.

낙천은 건네받은 찻잔을 더듬었다. 언제나 그래왔던 것처럼 찻잔 아래에는 마른 약초 하나가 끼워져 있었다.

꾸욱.

낙천은 마른 약초를 뭉개고 비벼 찻잔 위로 털어 넣었다.

화악!

순간, 흰 증기가 솟아오르며 붉던 찻물이 투명하게 가라앉았다. 차에 가득한 독기가 중화된 것이다.

절명차(絶命茶).

그것은 사산이 고안하여 만든 그만의 차였다.

"부탁한 것은 대충 찾았네."

"차, 찾았단 말씀이십니까?"

뜨거운 찻물을 털어 마시는 사산의 모습에 낙천의 눈이 커졌다.

찾았다?

반쯤 포기한 웃음을 짓고 있던 낙천의 눈이 커졌다. 부탁한 지 수 년이 지난 오늘에서야 처음으로 그에게 찾았다는 말을 들었다.

"사실 솔직하게 이야기하면 나도 찾을 것이라 생각 못했네. 내 선에서는 이미 찾을 수 없는 물건이라는 것을 내 근래에 들어 알았으니 말이야."

"헌데 어찌……."

"남아일언 중천금이라 내 선에서 구할 수 없음을 깨닫자 남의 눈이 보이더란 말이지."

놀란 낙천의 눈에 사산이 비릿한 웃음을 지으며 말했다.

"개방과 하오문에 약을 하나 탔지. 이틀 만에 방주와 문주가 뛰어오더군."

"개방과…… 하오문에 말입니까?"

"그래. 하루 만에 달려올 줄 알았는데 꽤나 버텼어. 사천당가나 약선에게라도 갔던 모양이지. 내가 푼 독을 그깟 놈들이 알 수나 있을 것 같아? 어림도 없는 소리지."

말을 뱉는 사산의 얼굴에 웃음이 흘렀다. 그의 웃음에는 깊은 자부심이 걸려 있었다.

"해서 어떻게 하셨습니까?"

"어쩌긴. 말하지 않았는가. 찾았다고 말이야."

"아……."

낙천은 빙긋 웃으며 말하는 사산의 모습에 고개를 숙였다.

"비루한 약조에 큰 힘을 실어 주셔서 감사합니다."

"쯧! 어울리지 않는 말 말게. 자네가 그래 봐야 진심으로 보이지도 않고."

"하하. 역시 그렇지요?"

혜실.

낙천은 사산의 말에 숙인 고개를 들고 웃었다. 많은 이들에게 두려움을 주는 그였으나, 낙천에게는 누구보다 친근한 이가 사산이었다.

"그럼 어디에 있는 것입니까? 직접 가지고 계신 것입니까?"
"응? 아아. 그것은 아닐세. 말하자면 좀 복잡한데……."
"무엇이 말입니까?"

사산은 약간 조급하게 묻는 낙천을 바라보며 얼굴을 찡그렸다.

어찌 말해야 좋을까.

하오문과 개방으로부터 전해들은 많은 이야기들이 머릿속을 어지럽혔다.

"자네가 찾는 비급 말일세. 그게 무슨 절세 신공이나 무공이 아니라서 말이야. 전혀 의외의 곳에서 찾을 수가 있었네."
"전혀 의외의 곳이오?"
"최근 이름을 날리고 있던 낭인 중에 구마로라는 자를 알고 있는가?"
"구마로? 아니요. 처음 듣는 이름인데요."
"쯧. 그런 이가 있다더군. 그래도 북경 인근에서는 제법 유명한 이라 하던데……."

낙천은 말을 흐리는 사산을 향해 물었다.

"그가 비급을 가진 것입니까?"
"비급까지는 모르겠고, 자네가 말한 그 무공을 익힌 것은 분명하네."

"아!"

사산의 말에 낙천의 입에서 탄성이 터졌다.

익히고 있다는 말은, 그것을 알고 있다는 것과 다름이 없는 말이다.

헌데, 어째서 말을 돌리고 있는 것일까?

낙천은 뒷머리를 긁적이는 사산의 모습에 불안해하며 물었다.

"그럼 그는 어디에 있습니까?"

"그게…… 죽었네."

"예?"

"죽었어. 무림 공적으로 몰려 주살되었다는군."

"주살이요? 그럼 비급은……."

"찾지 못했네. 아니, 그가 배운 무공 따위에 관심이 있는 이가 없었다는 게 옳겠지."

"허면……."

사산의 말에 낙천의 얼굴이 절망으로 물들었다. 수 년을 쫓은 것이, 또다시 허공으로 사라지려 하고 있었다.

"그리 실망 말고 북경으로 가 보게. 그에게는 동생이 하나 있었거든. 형인 구마로가 주살된 이후에 본암사(本庵寺)라는 절간에 처박혔다는데, 그에게 물어보면 알 수 있을지도 모르지."

"북경……."

낙천은 다 비운 찻잔을 내려놓는 사산에게 깊이 고개를 숙였다.

"말씀 감사합니다."

"거 됐다니까. 제대로 된 걸 가르쳐 준 것도 아닌데 감사는 무슨……."

"그래도 말입니다. 이전 사문에서의 일도 정말 감사드립니다."

"쯧."

사산은 빙긋 웃는 낙천의 모습에 고개를 돌렸다.

지켜보는 맛이 있는 놈이다.

예의를 모르는 것 같으면서도, 기분 나쁘지 않게 수위를 잘 맞추어 행동한다.

"정 고맙거든 말 말고 다른 것으로 가져 오게. 있는 놈들이 더한다고 말만으로 모든 게 해결되면 그게 무슨 놈의 감사고, 고마움인가."

"하하. 예. 다음에 올 때에는 어르신께서 기뻐하실 선물을 한 아름 안고 오지요."

"그래. 그럼 기대해 보겠네."

낙천은 몸을 일으키는 사산을 향해 다시금 고개를 숙였다. 안부차 뗀 걸음에 좋은 것을 얻었다.

"헌데……. 궁금한 게 하나 있는데 말이야."

"음? 무엇이 말씀이십니까?"

"자네가 찾는 그 비급 말이야. 대체 왜 그리 목을 매는 건가? 그런 삼류 무공은 비급이라 부를 만한 것도 아닌데 말이야."

"하하. 개똥도 약에 쓸 때가 있다 하지 않습니까. 제게는 꼭 필요한 것이라서 말입니다."

"흠……."

사산은 낙천의 주위로 흐르는 기운을 느끼며 조용히 고개를 끄덕였다.

그는 자신만큼이나 기괴한 이다.

사파임에도 불구하고 누구보다 정심한 기운을 지녔다. 그것도 가까이 가서 느끼지 않으면 알아채지 못할 만큼 두꺼운 벽을 치고 말이다.

"더 강해지겠군."

"그야 제가 약하니 당연한 일이지요. 강해지고 강해져야지요. 그래야 장문인으로서 체면도 서지 않겠습니까."

헤실.

사산은 웃으며 답하는 낙천의 모습에 휘휘 손을 내저었다.

"체면 따위를 생각하는 놈이 무게 없이 그리 웃고 다닌다니 개가 다 비웃겠군."

"말이 그렇다는 거지요. 하하."

"쯧. 볼일 다 봤으면 이만 가 보게. 가져다준 선물도 있고, 나도 이만 들어가 봐야겠어."

"예. 그럼 다음에 또 뵙겠습니다."

낙천은 산장을 향해 걷는 사산을 바라보다 조용히 몸을 돌렸다.

스산한 바람이 스치고 가는 산중턱.

사산의 말을 곱씹는 낙천의 눈이 반짝 빛났다.

*   *   *

딱! 딱! 딱!

산사를 울리는 맑은 목탁 소리에 낙천은 귀가 트이는 것을 느꼈다.

북경.

수일을 걸려 도착한 본암사는 길을 묻지 않는다면, 찾을 수 없을 만큼 작은 절이었다.

"시주를 하기 위해 오셨습니까?"

정문에 들어서자 비질을 하던 동자승이 달려 나와 물었다. 오랜만에 절을 찾은 손님이 반가운 모양이었다.

"아니, 사람을 찾아왔습니다."

"사람이요?"

눈을 동그랗게 뜨고 묻는 동자승에게 낙천이 웃으며 말했다.

"혹, 구도령이란 분이 묵고 계시지는 않습니까."

"구도령이요?"

"예. 이곳에 묵고 계신다는 말을 듣고 왔는데요."

"후옹······."

낙천의 물음에 동자승이 손에 쥔 빗자루를 들고 섰다. 눈을 감고 골몰히 생각에 잠긴 모습이 자못 진지해 보였다.

"본사에 머물고 계신 귀인 중에 그러한 이름을 가지신 분은 없습니다. 잘못 아신 것이 아닙니까?"

"아니, 이곳이 맞습니다. 동자님께서 모르신다면, 아마 다른 이름을 쓰고 계시는 모양이군요."

"다른 이름이요?"

낙천은 고개를 갸웃거리는 동자승을 향해 물었다.

"실례가 아니라면, 사찰에 머물고 있는 손님들의 이름을 알 수 있을까요?"

"그게······."

동자승은 낙천의 말에 고개를 돌렸다.

난처한 요구다. 잘못 말하였다가는 방장스님에게 호되게 혼날지도 모르는 일이다.

동자승은 고개를 돌려 사찰 앞마당을 쓸고 있는 스님을 향해 도움의 눈빛을 쏘아 보냈다. 자신이 감당하기에는 어려운 손님이라고 생각한 것이다.

"무슨 일이냐."

"그게, 손님께서······."

간절한 눈빛이 닿은 것일까.

비질을 하던 중이 다가와 동자승에게 물었다.

"본사를 찾아 주셔서 감사합니다. 저희 아이가 무슨 실수라도 저지른 것입니까?"

"아……. 아닙니다. 동자님께 제가 어려운 질문을 드린 모양입니다."

"어려운 질문이요?"

고개를 갸웃하는 중의 모습에 낙천이 고개를 끄덕이며 말했다.

"사람을 찾아왔습니다. 헌데, 본명을 숨기셨는지, 동자님께서 모르겠다 하셔서 말입니다."

"흠. 귀하께서 찾으시는 손님의 이름이 어찌 되는지 알 수 있을까요?"

"구도령입니다."

"구도령……."

"예. 그 분의 형님에 대한 소식을 가져왔습니다."

"형님이라 함은……."

"구마로."

"아!"

중은 낙천의 말에 눈을 크게 떴다.

한동안 산사를 시끄럽게 만들었던 이의 이름이 아닌가.

"실례가 되지 않는다면, 어떠한 관계인지 물어도 되겠습니까?"

"구마로가 제 사제가 됩니다. 현청진공(賢淸進功). 그리 전하시면 아실 것입니다."

"흠."

중은 낙천의 말에 깊은 숨을 한 번 뱉어내고는 자리를 떠났다. 동자승과 달리, 그는 낙천이 찾는 인물이 누구인지 정확히 알고 있었다.

"스님!"

"목소리가 높다. 큰스님께서 불법을 외시는 소리가 들리지 않느냐."

"하지만, 그렇게 가버리시면……."

"잠시 들를 곳이 있어 그러니 손님께 차라도 내어 드리고 있거라. 금방 돌아올 테니."

"아……! 예! 스님!"

동자승은 떠나가는 중의 말에 크게 고개를 끄덕이며 낙천의 옷소매를 잡았다.

난처한 질문을 넘겼으니 이제 다시 편하게 그를 대할 수 있게 되었다.

"가시지요. 제가 안내하겠습니다."

"예. 그럼 부탁드립니다."

낙천은 소매 끝을 당기며 걷는 동자승의 모습에 웃었다.

진마이극심법과 현청진공.

일찍이 동굴에서 만난 기연을 이제 완성할 때가 되었다.

　　　　　＊　　　＊　　　＊

"시주! 시주!"

사찰 뒤쪽.

중은 산 틈새에 지어진 조악한 나무집으로 다가서서 외쳤다.

"무슨 일이십니까."

시끄럽게 산을 울리는 중의 목소리에 나무집 밖으로 사내 하나가 모습을 드러냈다.

허연 피부에 길게 기른 머리를 동여맨 사내는 영락없는 서생의 모습이었다.

"이야기드릴 것이 있어 찾았습니다."

"이야기요?"

중은 고개를 갸웃거리는 사내를 모습에 거칠어진 호흡을 가다듬었다. 가파른 산길을 달려 오르느라 숨이 턱까지 차 있었다.

"시주를 찾는 손님이 절에 와 있습니다."

"저를요?"

"예. 그가 전하는 말이 심상치 않아 이렇게 무례를 범하게 되었습니다."

"심상찮다니요? 무슨 말이기에 그렇습니까?"

중의 말에 사내가 고개를 갸웃거리며 물었다.

사찰에 몸을 의탁한 것이 벌써 두 달.

그간의 시끄러웠던 나날들을 생각하면 이와 같은 일은 있을 수 없다.

자신을 숨기고 보호하고 있는 그들이, 쉬이 손님에게 자신에 대해 언급할 리가 없다.

"아, 이전과 같이 살기등등한 이들이 찾았다는 것은 아니니 안심하셔도 좋습니다."

불안한 기색을 보이는 사내의 모습에 중이 말했다.

"그럼 대체 무엇이 심상치 않다는 말씀이십니까?"

"그 손님이 구 대협에 대해……. 말을 꺼내서 말입니다."

"구 대협? 저희 형님에 대해 말입니까?"

중은 놀라 되묻는 사내를 보며 말을 이었다.

"예, 구 대협께서 자신의 사제가 된다 하였습니다. 현청진공이라고 말하면 아실 거라고……."

"현청진공이요? 그게 정말입니까!"

중의 말을 들은 사내의 눈이 화등잔만 해졌다.

현청진공이라니…….

중의 입에서 떨어진 말은 벼락처럼 머리를 쳤다. 쿵 하고 소리가 날만큼 그것은 사내에게 충격적인 말이었다.

"사제라니……. 현청진공이라니……."

사내는 어지러워진 머리에 비틀거리는 몸을 나무에 기대고 버텼다. 생각을, 몸을 추스르는 것이 쉽지 않았다.
구마로가 떠나고 없는 오늘.
사내 구도령은 터무니없는 말을 들었다 생각했다.
"그는…… 어디에 있습니까?"
구도령이 비틀거리는 몸을 추슬러 물었다.
"작은 승방(僧坊)에 모셨습니다."
"승방 말씀이십니까?"
중은 아직 비틀거리는 구도령의 모습에 몸을 부축하며 말했다.
"찾아가 보시겠습니까?"
"예. 가 봐야지요. 사제라니……. 하하."
씁쓸히 웃는 구도령의 걸음이 본암사를 향했다.
현청진공.
그것은 쌓이고 쌓여 이제는 가슴속 응어리가 된 이름이었다.

*　　　*　　　*

"그러니까, 하북에서 오셨다는 게지요?"
동그랗게 눈을 뜨고 묻는 동자승의 모습에 낙천이 고개를 끄덕였다.

"예. 경관이 좋아 오는 내내 눈이 즐거웠습니다."
"아……."
동자승은 낙천의 말에 고개를 끄덕이다 입을 뗐다. 경관이 좋다고 북경을 칭찬하는 말에는 사실 관심도 없었다.
동자승이 관심을 가지는 것은 오로지 하나.
낙천이 이야기한 색목귀(色目鬼)에 관한 것뿐이었다.
"그런데 그것보다 정말 귀신을 잡은 것입니까? 눈이 퍼런 귀신이라니……. 도깨비불이라도 심은 것입니까?"
"하하. 동자님, 귀신이 아니었다니까요. 그저 먼 나라에서 흘러들어온 난민(亂民)이었을 뿐입니다."
"난민이요?"
"예. 멀리 서역에는 색목인이라고 하여 눈이 파란 이들이 모여 사는 나라가 있다고 하더군요."
"눈이 퍼런 사람들이요?"
낙천의 말에 놀란 동자승의 눈이 커졌다.
사람들의 눈이 퍼렇다고?
아직 어린 그에게는 믿을 수가 없는 말이었다.
"제가 아무리 어리다고 하지만 그런 장난에는 안 속아 넘어갑니다. 세상 천지에 퍼런 눈의 사람이 어디 있습니까. 눈이 퍼렇다니 말도 안 돼요."
"하하."
팽!

코를 풀며 말하는 동자승의 모습에 낙천이 웃었다. 동자승은 낙천이 자신을 놀린다 생각하고 있었다.

"세상에는 수많은 것들이 있습니다. 동자께서도 훗날 수행에 들면 아시게 되겠지요."

"에이, 어른들은 다 똑같군요. 나중에 되면 다 알게 된다니……. 큰스님께서도 항상 말씀하시곤 하지요. 하긴, 큰스님은 모르시는 것이 없으시니 그 말이 맞으리라 믿지만요."

동자승은 낙천의 말에 투덜거리다 어른스런 표정으로 말을 마쳤다. 역시 손님인 낙천보다는 큰스님에 대한 믿음이 더 큰 모양이었다.

"소봉이, 이놈! 그게 손님께 무슨 말버릇이냐!"

"저, 정운스님!"

쩌렁!

승방을 울리는 호통소리에 동자승이 벌떡 일어나 고개를 숙였다.

이야기를 나누며 노닥거린 것이 얼마나 되었을까.

자리를 비웠던 중이 구도령과 함께 승방에 들어서고 있었다.

"그새 바람이 날린 나뭇잎에 사찰 안이 어지러우니 서둘러 나와 빗자루를 들거라."

"예. 정운스님. 그리하겠습니다."

동자승은 중의 말에 후다닥 자리를 떠났다.

조금이라도 행동이 굼떴다가는 금방이라도 불호령이 떨어질 것을 잘 알고 있었기 때문이다.

"그럼 좋은 말씀 나누시기를……."

동자승을 향해 호통친 중 역시 낙천에게 가볍게 인사를 하고는 방을 나갔다.

"저를 찾으셨다 들었습니다."

승방으로 들어선 구도령이 낙천을 향해 물었다.

"예. 다른 이름으로 묵고 계시기에 하마터면 만나 뵙지 못하고 떠날 뻔했습니다. 처음 뵙겠습니다. 저는 이낙천이라 합니다."

"구도령입니다."

꾸벅.

포권을 하는 낙천의 모습에 구도령이 답했다. 처음 보는 얼굴과 처음 듣는 이름에 구도령의 얼굴에 경계심이 어렸다.

"형님의 사형이 되신다 말씀하셨다고요?"

"아, 예. 그리 말하였습니다. 따지고 보면 틀린 것도 아닐 테니까요."

싱긋.

구도령은 웃음 짓는 낙천의 모습에 정좌해 앉았다.

"어찌 그리 될 수 있다는 말씀이십니까. 형님께서는 따로 도관을 다닌 적 없는 낭인이셨습니다."

"하지만, 무공은 익히고 있었지요. 태령심경을 익히고 계시지 않았습니까."

움찔!

낙천의 말에 정좌해 앉은 구도령의 몸이 흔들렸다. 하긴, 모르는 것이 더 이상하다는 생각이 들었다.

사형이라는 말과, 현청진공을 입에 담은 이가 아니던가.

구도령은 웃음이 만연한 낙천의 얼굴을 쳐다보며 물었다.

"혹, 전진의 사람입니까?"

"전진? 하하. 그럴 리가요. 저는 사파인입니다."

"사파?"

낙천은 고개를 갸웃거리는 구도령을 쳐다보며 웃었다. 그가 놀라는 이유를 낙천은 이해할 수 있었다.

"이해가 가지 않으시는 게지요?"

"조금……. 현청진공은 전진의……."

"물론 전진의 비급이지요. 허나, 실전된 지 수십 년은 더 지난 무공이 아닙니까. 그것이 절세 비급도 아니었고 말이지요."

"그것을 어찌……."

"글쎄요. 그 많은 사연을 다 말하려면 하루가 더 걸릴 텐데요. 주인이 없는 무공을 익힌 것이, 무슨 큰일이겠습니까. 전진과 아무런 인연이 없는 구마로 대협께서도 태령심경을 익히시지 않았습니까."

"태령심경과 현청진공은 다릅니다."

구도령은 빙긋 웃는 낙천을 향해 말했다.

"태령심경은 무공이 아닙니다. 심경(心經)일 뿐이지요. 하지만 현청진공은 그러한 것이 아니지요. 전진의 실전된 절기를 사파인이 익혔다? 믿을 수가 없군요."

"하지만 어쩌겠습니까. 그것이 사실인 것을 말입니다."

"전진의 사람이 아니라면, 태령심경에 대해서는 어찌 알고 계신 것입니까."

"현청진공을 익혔으니까요."

"그게 무슨……."

딱 잘라 말하는 낙천의 말에 구도령의 눈이 커졌다.

현청진공을 익혔기에, 태령심경을 안다?

믿기 힘든 소리다.

"소협께서도 마찬가지가 아니십니까. 현청진공이라는 말에 이리 자리한 것으로 보아 알고 계실 것이라 생각하는데요. 현청진공과 태령심경은 뗄 수 없는 존재가 아닙니까."

"그건……."

"태령심경이 무공서가 아니라는 것쯤은 이미 알고 있습니다. 모를 리가 없지요."

"태령심경은 현청진공보다 훨씬 늦은 책입니다. 태령심경에 현청진공에 대해 나와 있을 리가 없는……."

쓰윽.

낙천은 슬며시 구도령의 곁으로 다가갔다.

"호천풍(呼天風)이 외호내호(外呼內呼)하여 반안자(半安自)하니, 강석체(剛石體)와 직답지답(直踏地踏)이니 목근족(木根足)이다."

낙천의 입에서 흐르는 말에 구도령의 눈이 더없이 커졌다.

"서, 설마!"

낙천은 놀라 눈을 부릅뜬 구도령을 바라보며 빙긋 웃었다.

현청진공.

구도령은 꿈에도 그리던 현청진공의 구결에 부르르 흥분한 몸을 떨었다.

"제가 온 이유를 모르진 않으실 것이라 생각합니다. 저와 함께 가지 않으시겠습니까. 죄송한 말이지만, 구도령에 대해서는 이미 많은 것을 알고 있습니다. 따로 설명이 필요 없을 만큼 알고 있지요. 앉아계신 구도령 소협 본인보다 더 많은 것을 알고 있을지도 모릅니다."

"저에 대해서 말입니까?"

"자기 자신을 더 모르는 일도 없지 않으니까요."

낙천은 고개를 들고 묻는 구도령의 모습에 슬쩍 웃었다. 낙천은 그가 자신이 뻗은 손을 잡을 것이란 확신이 있었다.

망설이는 듯, 생각을 하는 듯 시간을 끌고 있지만 결정은 이미 오래전에 내려진 것이나 다름 없다.

그에게는 현청진공이 필요하다.

무공을 배울 수 없는 몸으로 평생 무공을 붙들고 산 것은,

지식에 대한 한없는 욕구 때문이다.
 이곳에 걸음하였을 때, 중의 말에 자신을 찾아온 순간 이미 모든 것이 결정된 것이다.
 "당신과 함께 가면 나는 무엇을 얻게 됩니까?"
 "명예와 복수. 그리고 소협께서 간절히 원하는 지식이 되겠지요."
 "명예와 복수 그리고 지식이라."
 구도령은 낙천을 지그시 바라보았다. 사람을 홀리는 법을 잘 알고 있는 사람이란 생각이 들었다. 달콤한 말과 햇빛이 내리 쬐는 길만을 말한다.
 '하지만 다 알아도 탐이 나는 것은 어쩔 수가 없는 모양이구나!'
 구도령은 말없이 낙천이 뻗은 손을 물끄러미 내려다 보았다. 탐욕이란 것은 끝이 없다. 벼랑 끝이라 할지라도 덜덜 떨리는 다리를 옮기게 만든다.
 구마로가 떠났던 그날.
 자신이 부른 불행에 치여 형제를 잃었던 그날.
 구도령은 바르르 떨리는 몸을 추스르며 낙천이 뻗은 손을 잡았다.
 "어디로 가면 되는 것입니까."
 "하북의 호혈관."
 꾸욱.

구도령의 손을 움켜쥐는 낙천의 입에 웃음이 걸렸다.

*   *   *

잠시 자리를 비웠던 장문인의 복귀에 호혈관은 한껏 고무되었다.
보름.
관원들은 비무대 앞에 우뚝 선 낙천을 바라보며 고개를 끄덕였다. 쉴 틈 없이 수련한 자신을 그의 앞에서, 수뇌들 앞에서 뽐내고 싶었다.
"이제야 제법 날이 선 듯싶습니다."
보다 날카로워진 관원들의 모습에 낙천이 웃으며 말했다.
"그런 듯합니다. 이전과 달라요. 매서워지고 기세가 실린 것이 이전과 같은 이들이라고 하기가 무서울 정도입니다."
"하지만 이 정도로는 어림도 없지요."
히죽!
낙천은 자신을 바라보는 관원들을 슥 훑어보며 웃었다.
차돌도 갈고 닦으면 빛을 내는 법이다.
경쟁에서 이기기 위해, 앞을 향해 뻗어나가기 위해 관원들 스스로가 자신을 갈고 닦고 있으니 이렇게나 빛나는 것이 당연한 일이다.
"헌데 가신 일은 잘 되신 겁니까."

"아, 대충 마무리가 되었습니다."

"흠……. 어떤 사람들인지 궁금하군요. 장문인께서 직접 나서서 뽑은 이들이라면 뛰어난 기재들이겠지요? 단주로 오른 권오성만 보더라도 알 수 있지요."

"기재라……. 뭐, 일단은 그렇다고 해 두지요. 하하하하하!"

크게 웃는 낙천의 모습에 자리한 수뇌들의 표정이 깊어졌다.

무슨 꿍꿍이가 있는 것일까.

한사코 모습을 보여주지 않는 새로 창설된 단에 대한 부담감이 가슴을 눌러오기 시작했다.

 손톱처럼 야윈 달 위로 검은 구름이 스쳤다. 밤하늘은 별도 달도 빛없이 사그라져 칠흑 같은 어둠에 물들어 있었다.
 "새 단을 만들고 있다 들었다."
 홍안수가 탁상 위에 놓은 찻잔을 집어 들며 말했다. 차보다 술이 더 어울릴 것 같은 사람이었으나, 그는 술보다 다도에 관심이 많았다.
 "관 내의 일은 신경 쓰시지 않는 듯하더니……. 웬일이십니까?"

"자리를 비운 동안 귀에 딱지가 질 만큼 시끄러웠다."
"그랬습니까?"
빙긋 웃는 낙천의 모습에 홍안수는 후룩 찻물을 들이켰다.
가면보다도 더욱 정교한 가면이다.
홍안수는 낙천의 얼굴에 걸린 미소가 수천 가지의 가면을 대신해 얼굴에 내려앉아 있는 것이라 생각했다.
"너는 언제나 수상한 짓을 벌인다."
"사람이라는 것이 본디 수상한 동물들이니까요. 수상하지 않다면 의심이 있을 리가 없지 않겠습니까."
"그런 쓸데없는 말은 듣고 싶지 않다. 내가 하고 싶은 말은, 너는 내가 아는 그 어떤 이보다 수상하다는 것이다."
"하하! 칭찬이시지요?"
낙천은 찻잔을 내려놓으며 하는 홍안수의 말에 능글맞게 웃으며 말했다. 낙천을 향해 호혈관 모두가 경어를 쓰게 된 이후에도 홍안수의 말투는 변하지 않았다.
짧고 간결하다.
홍안수는 언제나 말을 검처럼 들이밀어 왔다.
"칭찬은 아니다. 그것이 좋지만은 않다는 것을 너 역시 잘 알고 있을 터. 나는 가끔 걱정이 되는 것이다."
"무엇이 말씀이십니까."
"천 개의 가면을 가지고 연기하는 사람이라 할지라도 무대 밖에서는 가면을 벗는다. 헌데 너는 그렇지 않다. 네 집에서조차 가면을 쓰고 있다."

"가면이라……. 그럴지도 모르지요. 하지만 지금은 그편이 좋다 생각합니다."

낙천은 홍안수의 말에 고개를 끄덕이며 말했다.

가면이라, 틀린 말은 아니다.

하지만 그것이 잘못된 것일까?

낙천은 그렇지 않다 생각했다. 가면을 쓰건, 가면을 쓰지 않건 간에 세상에서 중요한 것은 일을 어찌 꾸미고 전달하고 이루느냐다.

"속이 투명하게 보이는 이는 없다. 하지만, 끝없이 투명해지려는 이는 있다. 사람을 포용하고 끌어들이는 것은 흑막이 아니다. 한없이 투명한 마음이다. 그것을 흔히들 인덕이라 하더군."

"인덕이라……. 글쎄요. 아직은 잘 모르겠군요. 지금까지 그러한 일을 해 본 적도, 그러한 마음을 가져 본 적도 없어서 말입니다."

"알게 될 거다. 아니, 알고 있을지도 모르지. 너는 사람을 잘 다룰 줄 아는 이니까."

"하하하! 그렇습니까? 이 말은 진짜 칭찬인 것 같군요."

"칭찬이다. 너 정도 나이에 이만큼 능숙하게 판세를 흔들고 사람을 다루는 이를 나는 일찍이 본 적이 없다."

낙천은 낯 뜨거운 말을 진지하게 늘어놓는 홍안수의 모습에 웃음을 흘렸다.

매사가 진지한 사람이다.

그렇기에 깊고 깊은 만큼 웃음을 부른다.

가벼운 술 한 잔에도, 차 한 잔에도 깊이를 우려내니 어찌 웃지 않을 수 있을까.

잔뜩 진지해진 홍안수의 얼굴이 웃고 있는 낙천의 얼굴과 대비되어 더욱 도드라져 보였다.

"아, 이전에 부탁드린 것은 얼마나 진행이 되었습니까?"

"삼 할은 가르쳤다 생각한다."

"삼 할이라……. 더디군요."

"개개인의 실력이 좋다 하더라도 군진(軍陣)을 익히는 것은 전혀 다른 일이다. 시일이 걸릴 수밖에 없는 문제다."

"예. 그래도 최대한 빠르게, 사용할 수 있을 만큼 다듬어 주셨으면 합니다."

"그럴 생각이다. 그런데 한 가지, 그들이 군진에 익숙해지기 전에 묻고 싶은 것이 있다."

"무엇을 말입니까?"

씨익.

낙천은 홍안수의 말에 웃으며 물었다. 그가 무엇을 궁금해하는지 진정으로 알고 싶어진 것이다.

"그들에게 군진을 가르치는 목적."

"에? 겨우 그것이 궁금하셨습니까?"

홍안수는 말을 되물어 오는 낙천을 쳐다보며 고개를 끄덕였다.

"관군에게 군진을 가르치는 것은 당연한 일이라고 생각한다. 병사가 명령에 대해 상관에게 되묻는 것은 무능한 상관을 뒀을 때뿐이다. 그렇기에 나는 묻지 않았다. 하지만, 생각해 보니 이것은 아니다."

"무엇이 말입니까."

"나는 더 이상 관군이 아니지 않는가."

턱을 괸 채 말하던 홍안수가 어색한 듯 뒷머리를 긁적였다. 낭인으로 떠돌 때는 한 번도 인지하지 못했던 것이 호혈관 안에 들고 나니 피부로 느껴지고 있었다.

관군.

낭인 이전에 몸을 담았던 군부의 익숙함은 호혈관에 들어와 이질감을 만들기에 충분했다.

"물론 더는 관군도, 낭인도 아니시지요. 대사범님께서는 무림인, 그것도 호혈관의 대사범이시지요."

"……그리 말하지 않아도 알고 있다. 내가 듣고 싶은 것은 그런 낯간지러운 말이 아니라 내 물음에 대한 답이다."

"아, 그것이야 따로 답할 것 없을 만큼 당연한 일이라서 말입니다. 어딘가에 사용하려고 가르쳐 달라 부탁드린 것입니다. 대사범님이 물으셔야 할 것은 제가 군진을 가르쳐 달라 부탁한 이유가 아니라, 군진을 사용할 곳이 어딘가가 되어야 하지 않을까요?"

"흠……. 그렇군. 그래, 어디다 쓸 생각인가."

낙천의 말에 따라 홍안수는 말을 바꾸어 물었다. 콕 찝어 말한 것이 창피하기도 하련만, 홍안수는 아무렇지 않다는 듯 말을 바꿨다.

"그런 점이 참으로 마음에 든단 말이죠."

낙천은 조용히 답을 기다리는 홍안수를 바라보며 웃었다.

"하북의 자잘한 문파들을 모아 삼킬 생각입니다."

"모아 삼킨다?"

"예. 굳이 말하자면 곧 벌어질 전쟁을 준비한다고나 할까요. 안정기에 접어든 나라의 정세와 달리 지금의 무림은 난세가 벌어지려는 때니까요."

"그래서 그러한 전쟁을 위해 군진이 필요하다?"

"예. 대사범님께서 우리 관으로 오셨으니, 이제 일 대 일 비무 같은 낭만 넘치는 싸움은 없을 겁니다. 작은 문파들 중 누가 대사범님과 검을 맞댈 수 있겠습니까. 천하를 다 뒤져봐도 그만한 사람은 몇 없을 겁니다."

"흠……."

"그렇기에 군진을 익히려 하는 것입니다. 군진은 싸움에 효과적인 방편이 될 테니까요. 그들은 군진을 짜고 공격해 들어오는 창과 싸워 본 일이 없는 무인들. 군진이 얼마나 무서운지 알지 못할 겁니다."

씩.

웃으며 말하는 낙천의 눈이 깊어졌다.

장차, 아니 조만간 다가올 날의 이야기.

낙천은 누구에게도 털어 놓지 않은 날의 이야기들을 하나둘 꺼내 놓기 시작했다.

"허나, 군진이라고 만능은 아니다. 이곳은 전장이 아니고 그만한 싸움을 벌이기에 적합한 땅도 아니다."

"그렇지요. 하지만, 그러한 일이 곧 벌어질 겁니다."

"전쟁을 일으킬 생각인가."

낙천은 홍안수의 말에 빙긋 웃었다.

"전쟁은 이미 오래전부터 시작되고 있었습니다. 잠시 사그라진 불길과 같은 거지요. 곧 바람이 불테고, 그럼 불씨는 다시 살아나 활활 타오를 겁니다. 허니, 불길이 일기 전에 먼저 준비해 두어야지요."

"무림이 관과 멀다 하나, 성 안에서 일어나는 싸움에 관군이 가만히 있을 리 없다. 게다가 군진을 사용하는 무력집단이라면……."

낙천은 말을 흐리는 홍안수의 모습에 씩 웃었다.

"알고 있습니다. 그것을 알고 있으니 이리 움직이고 있는 것 아니겠습니까. 저는 바보가 아닙니다. 그들과 엮일 일은 절대 없을 겁니다."

"그러길 빈다. 군과 엮인다면 네 목 하나로는 부족한 일이

생길 테니까."

벌컥.

홍안수는 차갑게 식은 차를 단번에 털어 마셨다. 어두운 밤하늘만큼이나 무거운 시간들이 지나고 있었다.

     * * *

"끄응······."

호혈관의 문을 지키고 선 관원은 기지개를 켜며 높은 하늘을 보았다. 시커먼 하늘은 별 하나 없이 초생달만 덩그러니 걸려 있어 몹시도 어두웠다.

적막함.

밤을 스치는 구름도, 하늘 높이 우는 산짐승들의 소리도 없이 깊은 침묵에 휩싸여 있었다.

"이곳이 호혈관입니까?"

"음?"

나지막이 귓가를 스치는 목소리에 하늘을 보고 선 관원의 고개가 내려졌다.

관원은 돌계단 아래 덩그러니 선 서생의 모습에 놀라 걸음을 뒤로 물렸다.

귀신이라도 되는 것일까?

잠시 한눈을 팔았다지만, 누군가 곁에 다가옴을 느끼지 못했다.

"무슨 일이쇼?"

관원은 짧은 말에 가득 힘을 실어 물었다.

떨리는 가슴을 감추기 위해 평소보다 크게 내지른 목소리는 말끝이 높아져 적대감이 가득해 보였다.

"아, 저는 창천이라 합니다. 관패를 보면 호혈관이 맞는 듯한데, 대사범님이 아직 안에 계실까요?"

"대사범님?"

빙긋 웃으며 말하는 서생의 모습에 관원은 고개를 갸웃거렸다. 대사범님이라 함은 낭인왕 홍안수를 가리키는 말이다.

"대사범님이라면 아직 안에 계신데, 어떤 일로 대사범님을 찾는 게요?"

툭 하고 내뱉은 말에는 경계심이 가득했다.

상대가 자신을 밝힌 것은 아니나, 그가 만나려는 상대가 자신은 말을 건네지도 못할 높은 위치의 사람임을 깨달았기 때문이다.

"오래전 다시 만나뵙기로 약속을 드려서 말입니다. 실례가 되지 않는다면, 창천이 찾아왔다고 말씀 좀 전하여 주시겠습니까."

"흠······."

공손히 말하는 서생의 모습에 관원의 표정이 묘해졌다. 쉽게 넘어갈 수 있는 말인데도 이런저런 생각이 줄줄이 떠올랐다.

아무나 관에 들일 수는 없기에 이 늦은 밤, 혹여 모를 상황에 대비해 자신을 문지기로 세운 것이 아닌가.

"거, 정말 사실인 거요?"

관원은 의심스러운 눈초리로 물었다.

"거짓이라면 금세 탄로 날 일이 아닙니까. 제가 거짓을 전해 무엇을 얻겠습니까. 걱정하지 마시고 전하여 주십시오."

얼굴을 찌푸리며 묻는 관원의 말에 서생이 웃으며 답했다.

"당신 말을 듣고 갔다가 불상사가 생기는 날엔……."

으드드.

관원은 혹 벌어질지 모를 일에 몸을 떨었다. 그는 이미 수차례 자신의 선배들에게 당해온 터였다.

"그럴 일은 없을 것입니다. 하면, 제가 직접 들어가 찾아뵈어도 되겠습니까."

"아? 말도 안 되는 소리! 그건 더 안 될 말이지. 지금이 어떤 시국인데 모르는 자를 관에 들여!"

"그럼, 전하여 주시지요. 만일 제 말이 맞는다면, 이리 둔 일도 잘못된 일이 되지 않습니까."

"그, 그건……."

서생의 말에 관원의 표정이 변했다.

그의 말대로다.

만일 그가 진정 대사범의 손님이라면?

이전보다 더욱 몸이 떨려왔다. 그의 말이 맞으면 맞는대로,

틀리면 틀린대로 코가 깨질 상황이다.

"거, 뭐가 이리 시끄러운 거냐?"

끼익!

소란스런 소리에 권오성이 문을 열고 물었다. 관을 돌아보고 처소로 돌아가는 길, 대문 밖에서 들려오는 시끄러운 말소리를 들은 것이다.

"아, 이상한 손님이 찾아와서……."

"손님?"

"예, 대사범님의 손님이라고……."

"저자가 대사범님의 손님이라는 말이냐?"

관원은 권오성의 말에 고개를 조아려 답했다.

일찍이 말을 섞어 본 적은 없지만 숱하게 말을 들어온 신단의 단주가 아니던가.

관원은 날카로운 눈으로 서생을 살피는 권오성의 모습에 꿀꺽 마른침을 삼켰다.

"대사범님을 찾아오셨다고요?"

"예, 홍안수 님을 찾아왔습니다."

"음……."

권오성은 웃으며 말하는 서생의 모습을 훑었다.

천천히 서생의 몸을 훑어가던 권오성의 눈이 반짝 빛났다. 붓꼬리를 잡고 휘두르는 것이 어울릴 법한 서생의 몸에 어울리지 않는 것이 눈에 걸렸다.

창천 167

검.

허리춤에 하나씩 걸린 두 자루의 검이 그러했다.

'쌍검이라……'

지그시 서생을 쳐다보던 권오성의 눈이 날카로워졌다. 하나 하나, 다시 서생의 몸을 뜯어보며 세세히 그 모습을 살폈다.

'과연……'

권오성은 눈앞의 서생을 살피며 생각했다.

예사 인물이 아니다.

자세히 뜯어보면 눈엣가시처럼 걸리는 검이, 흘깃 스쳐볼 때에는 마치 없는 것처럼 부드럽게 넘어간다.

아니, 자세히 봐도 그러하다.

어울린다.

전혀 검과는 인연이 없을 것 같은 그의 모습에서 권오성은 너무도 완벽한 어울림을 느꼈다.

"안으로 드시지요. 대사범님이 계신 곳까지 제가 안내하여 드리겠습니다."

"감사합니다."

서생은 문을 활짝 열며 말하는 권오성의 모습에 웃으며 그의 뒤를 따랐다. 머쓱해진 관원이 서생을 향해 고개 숙여 인사를 건넸다. 권오성의 안내 하에 관에 들어서는 그를 보자니 덜컥 겁이 났다.

정말 대사범님의 손님이라면?

생각하기도 싫은 일에 부르르 몸이 떨려왔다.
"괜찮습니다. 해야 할 일을 하신 것입니다."
"아……."
마음을 읽은 것일까.
관원은 웃으며 걸음을 옮기는 서생의 모습에 깊게 허리를 굽혔다. 먹처럼 시커먼 눈을 마주하고 나서야 느낄 수 있었다.
현기.
권오성이 알아차린 그것을 관원은 그제야 느낀 것이다.

     *   *   *

"복잡하군."
홍안수는 낙천의 말에 고개를 저었다. 가볍게만 보았던 무림이 이토록 복잡하게 얽혀있다는 사실이 충격적이었다.
"정파는 정파대로 사파는 사파대로 분열할 수밖에 없는 것입니다. 애초에 신교와 같이 종교로 뭉친 단일 문파가 아닌 이상 말이지요."
"그렇군."
빙긋 웃으며 말하는 낙천의 모습에 홍안수는 뒷머리를 긁적였다. 정말 오 년이라는 시간 동안 무림을 비웠던 것일까 하는 의심이 들었다. 무림 정세에 관한 이야기를 하는 내내 낙천의 말은 유수와도 같이 흘렀다.

막힘없이, 멈춤 없이.

홍안수는 쏟아져 나오는 낙천의 말을 듣기에 바빴다.

"정세라는 것은 물길과도 같습니다. 눈앞에 서면 보이지 않지만 멀리 한 걸음 떨어져 관조하노라면 굽어지는 곡류도, 빠르게 흐르는 급류도 보이는 법이죠."

"그것은 한 걸음 물러선다고 해서 볼 수 있는 것이 아니다. 눈이 좋아야 해. 너는 제법 좋은 눈을 가졌다."

"하하. 연거푸 칭찬을 들으니 기분이 묘하군요. 제가 듣고 싶은 말은 칭찬이 아닌데 말입니다."

빙긋.

웃음 짓는 낙천의 눈빛이 날카로워졌다.

"사람들의 가장 큰 오해는 마천루가 해체되었다고 생각하는 것입니다. 마천루는 해체되지 않았습니다. 무림맹과의 길었던 싸움을 끝내고 루주가 물러났을 뿐이지요. 초심과 치열함! 지금의 마천루는 초대 결성의 시기로 내몰린 것 뿐입니다."

"그래서 하고 싶은 말이 무엇인가."

"적철아랑패 가지고 계십니까?"

"……!"

탁.

찻잔을 내려 놓으며 꺼낸 낙천의 말에 홍안수의 눈이 커졌다.

"마천루에 낭인왕이 올랐다는 것을 모르는 사람은 없습니다. 모르는 것이 이상하지요. 큰 이름이니까요."

"그것이 어쨌다는 것이냐."

"필요하니까요. 더 높이 오르기 위해서 저는, 우리 호혈관은 대사범님의 패가 필요합니다."

"흠."

딱 잘라 말하는 낙천의 말에 홍안수의 얼굴이 깊어졌다.

적철아랑패.

얼마 되지 않은 일이, 수 해는 지난 듯 케케묵은 기억 속에 떠올랐다.

"호혈관 역시 마천루에 적을 둔 사파로 알고 있다. 헌데 어째서 내 패를 원하는 것이냐."

"급이 다르기 때문이지요."

"급?"

"대사범님께서 가지고 계신 패는 적철아랑패(赤鐵餓狼牌)가 아닙니까. 마천루주의 흑룡패 다음으로 개인이 가질 수 있는 가장 높은 패."

낙천은 우두커니 앉은 홍안수를 향해 말했다.

"그것이 필요합니다. 가입문파라고는 하나 우리가 가진 패는 흑목아랑패(黑木餓狼牌). 적철아랑패가 가지는 무게에는 한없이 모자란 나뭇조각이지요."

"대체 어떻게 알았지? 패에 대해서는 마천루 내에서도 잘 모르는 것인데 말이야."

"그야 대사범님은 우리 호혈관의 가족이니까요."

"뒷조사를 한 것인가."

"가족이 되기 위한 절차였다고 말하는 편이 빠르겠지요. 과거와 오늘을 함께 공유하는 것이야말로 진정한 가족이 아니겠습니까."

홍안수는 넉살 좋게 웃으며 말하는 낙천의 모습에 굳은 몸을 풀었다.

우둑.

관절이 긴 이야기에 하품을 하듯 커다란 소리를 토해냈다.

"뒷조사에 대한 것은 그리 믿지. 하지만 패는 내어줄 수 없어."

"어째서입니까?"

"거기까지는 조사하지 못한 모양인데, 나는 더 이상 마천루에 적을 두고 있지 않아."

"예?"

어깨를 으쓱이며 말하는 홍안수의 모습에 낙천의 눈이 커졌다.

"그게 무슨 말씀이십니까? 마천루에 적을 두고 있지 않다니요."

"말 그대로다. 어디를 시켜 내 일을 알아본 것인지 모르겠으나, 나라면 당장에 찾아가 일을 맡은 이들의 다리를 분질러 놓을 것이다. 그제의 일은 어제의 일보다 가치가 없는 것이 정보라는 것 아닌가."

툭툭.

홍안수는 몸에 묻은 먼지를 털 듯 따갑게 쏟아지는 낙천의 눈빛을 털었다.

"낭인왕이라는 거창한 이름이 붙어봐야 나는 낭인일 뿐이다. 그런 내가 어떻게 기루를 살 수 있었겠느냐."

"그건……."

"내가 대상이나 거부라도 된다고 생각했나? 천만에. 내가 평생을 낭인으로 돈을 모은다 해 봐야 그러한 기루를 살 수 있을 리가 없지."

"설마……패를 반환하신 것입니까?"

빙긋.

홍안수는 낙천의 말에 그처럼 웃었다.

"이제야 머리가 돌아가는 모양이군. 그래. 패는 반환했다. 내가 없으면 내 패를 자동으로 이어받을 자가 제의하더군. 애초에 무리에 섞여 있는 것도 어울리지 않았고 루주 혈마소가 떠난 마천루는 내게 무의미해."

"하! 하하……. 하하하하하!"

"음?"

대소하는 낙천의 얼굴 가득 생기가 흘러 넘쳤다. 흔치 않은 기회를 어이없게 놓쳤음에도 그의 얼굴에는 아쉬운 기색이 없었다.

"그랬군요. 하하. 그래서 다른 사파에서 아무런 말도 없었던 것이로군요. 빈껍데기……. 마천루의 적철아랑패가 없는 낭인왕은 허울뿐이니…… 그래서 지금껏 아무런 일도 없는 거였어."

낙천은 누구에게 하는지 모를 말들을 늘어놓으며 깊게 숨을 내쉬었다.

복잡하고 무겁게 내려앉아 있던 머리가 한결 가벼워지는 기분이 들었다.

"이제 좀 후련하게 정리가 되는 것 같습니다. 패의 반환이라……. 생각지도 못한 문제였습니다."

"시국을 말하고 대세를 운운하는 것이 머리가 잘 돌아가는 줄 알았는데 아닌 모양이군."

"착각과 오류에서 오는 모순인 게지요. 대사범님이 호혈관으로 적을 옮겼음에도 주변 사파들이 조용했다는 것을 저는 다르게 생각하였으니까요."

"설마하니 그들이 내 이름과 명성에 눌렸을 거라 생각한 것인가."

"예……. 단순하지만 그편이 가장 말이 되는 것이었으니까요."

낙천은 딱 잘라 말하는 홍안수의 모습에 고개를 끄덕이며 말했다.

그랬다.

자신들보다 더 높은 패를 지닌 이가 하북 땅에 자리를 잡았다.

커다란 세를 가진 이들이라면 모를까 비슷한 크기의 소규모 문파들이라면, 그저 이름과 힘에 눌려 입을 다물고 있는 것이라 낙천은 생각했다.

"주의 깊게 봤어야 했는데……. 여러 일에 치이다 보니 가까이 있는 것을 보지 못한 듯싶습니다. 일찍 알았더라면 지금처럼 낯 뜨거운 짓은 벌이지 않았을 텐데……. 아쉽군요."

생글.

홍안수는 능글맞게 웃음 짓는 낙천의 모습에 입술을 씰룩였다.

"낯 뜨거운 말이었다는 것은 아는군."

"하지만, 저에겐 그것이 최선이었으니까요. 좀 더 빠르게 합리적으로 관원들을 이끄는 것. 그게 장문인이 해야 할 일입니다."

"그것이 비겁한 짓이라도?"

"지금은 그런 것을 따질 때가 아닙니다. 현재 상황을 제대로 살피고 가장 바르고 현명한 길을 찾아내는 것이 최선입니다. 매번 싸워 적을 베어 죽여야만 올라설 수 있는 것은 아니란 말입니다."

홍안수는 거침없는 낙천의 말에 혀를 찼다. 혀를 놀리는 솜씨가 능구렁이 못지않다.

"네가 바보가 아니라는 것은 잘 알고 있다. 하지만 네가 어떤 사람인지는 아직 잘 모르겠다. 네가 하려는 일은 무엇이냐. 마천루주의 자리에 오르는 게냐?"

딱 잘라 묻는 홍안수의 말에 낙천은 턱을 긁었다.

"글쎄요. 그저 하나 갚아주고 싶은 것이 있을 뿐입니다. 그것을 이루기 위해서는 많은 것이 필요하다는 걸 알고 있고요. 해서 바쁘게 움직이고 있습니다. 언제나 방긋 웃으면서 말이지요."

"가슴에 크게 빚진 것이 있는 모양이지?"

"예, 크지요. 죽어도 한(恨)이 남을 만큼 크나큰 빚이지요."

홍안수는 생긋 웃으며 말하는 낙천을 바라보았다. 그 빚이 무엇인지 묻고 싶은 마음이 들었지만, 묻지 않았다. 물어도 대답해 주지 않을 것을 알고 있었기 때문이다.

"관 내의 많은 사람들이 네가 품은 그 빚에 살고 죽는다는 것을 명심해라. 빚에 휘둘려 네게 휘둘리는 이들을 저버리는 짓은 벌이지 마라."

"당연한 말씀을. 바보가 아니지 않습니까. 손해나는 짓은 벌이지 않을 것입니다. 제게 손해나는 것이 아닌, 관에 손해나는 짓은 말이지요."

홍안수는 씩 웃으며 말하는 낙천의 모습에 기묘한 기분이 들었다.

가면 같은 미소에 감정이라고는 조금도 느껴지지 않는 웃음인데도 무언가 사람을 끌어당기는 힘이 있었다.

"그와는 전혀 다른 웃음이군."

"예? 그요?"

웃으며 말하는 홍안수의 모습에 낙천이 고개를 갸웃거리며 물었다.

그?

"누구를 말씀하시는 것입니까?"

낙천은 호기심이 동했다.

지금까지 자신의 이야기는 단 한 줄도 뱉지 않은 홍안수였기에 낙천은 차오르는 호기심을 감추지 못했다.

"창천이라는 이름을 가진 산지기다."

"산지기? 창천?"

낙천은 고개를 끄덕이는 홍안수의 모습에 가늘게 눈을 떴다. 머리를 간질이는 것이 어디선가 들어본 적 있는 이름이 틀림없다.

"제가 견문이 모자라 그런데⋯⋯. 그게 누구입니까. 이름을 말씀하신 것을 보면 강호인인 듯한데⋯⋯."

"스스로는 자신을 산지기라 하는데⋯⋯, 강호인이 맞겠지. 혹 들어보지 못했는가? 많은 이름을 가지고 있는 이인데 말이야."

"그게⋯⋯들어본 듯한데 딱 떠오르는 것이 없어서 말입니다."

"맹룡(猛龍)이던가? 가장 최근에 만나 보았을 때 그의 이름에 붙던 별호가."

"맹……룡…… 창천이요?"

호기심에 눈을 빛내던 낙천의 얼굴이 한순간 딱딱하게 굳었다.

잊고 있었다.

눈 앞의 남자는 파락호도, 그렇다고 작은 지방의 소문파 문주도 아니다.

낭인왕이다.

단신으로 문파 하나를 잠재우고 마천루에 들어 적철아랑패를 손에 쥔 사파 무림의 거물.

그런 그가 웃으며 입에 담은 인물이 시시한 사람일 리가 없다. 아니, 시시한 인물은 그가 기억하지 못할 것이다. 큰 산은 더 큰 산을 올려다 볼 뿐이다.

"친분이 있으십니까?"

"친분? 글쎄, 모르지. 나는 그렇다 생각하는데 그는 아니라 말할 수도 있으니 말이야. 다만 인연은 있다."

"그에 대한 이야기는 귀가 닳도록 들었습니다. 여기저기 들리지 않는 곳이 없더군요. 피비린내 나는 전장에까지 들려올 만큼 말입니다."

"그런가?"

홍안수는 낙천의 말에 호기심이 동했는지 눈을 반짝이며 물었다.

"전장의 군사였다고는 하나 저는 군부에 소속된 관병이 아닌 용병이었지요. 그 중에는 사연 많은 이들이 가득하더군요."

"그렇겠지. 변방까지 흘러나갈 용병들이라면 가슴 한켠에 사연 없는 이가 있을까."

옛 생각이 든 것인지 낙천의 말에 홍안수는 추억을 들이켰다. 그 역시 용병으로, 반군으로 붉은 깃대를 휘날리던 때가 있던 낭인이다.

"많은 이들이 모여들어 항상 밤이 되면 이야기가 바다를 이뤘습니다. 그 안에는 무림도 있고, 황실도, 어제와 오늘도 있었습니다. 그 안에서 창천, 그 이름을 처음 들었던 것이 언제였는지 기억조차 가물가물하군요. 숭산에서의 일이 누군가의 입에서 흘러나왔던 때가 아닌가 싶습니다."

"숭산에서의 일?"

"예. 신권이 한 은자에게 공개 비무를 청해 무참히 졌다는 소문이었지요. 누군가 우스갯소리로 꺼내 놓은 말이라 여겼는데, 그 한 마디에 쏟아져 나온 이야기는 가히 해일과 같았습니다."

"해일?"

낙천은 생긋 웃으며 궁금해하는 홍안수에게 고개를 끄덕였다.

정말 그랬다.

누군가에 의해 흘러나온 맹룡 창천의 이야기는 해일과도 같이 막사를 후려쳤다.

숭산에서 신권을 이겼다는 이야기와 함께 화산파 무자홍의 패배, 그를 향한 무림맹의 끝없는 구애 등 믿기 힘든 말들이 줄줄이 쏟아져 나왔다.

"부풀려진 소문이라 생각하며 웃곤 했는데, 밖에 나와 보니 그 모든 것이 사실이라 더욱 놀랐습니다. 무림맹의 해체와 마천루주의 은퇴에 그가 관련돼 있다는 말도 있을 지경이었으니까요. 한 사람이 전 무림에 그러한 영향력을 끼칠 수 있다는 것이 놀랍고 신기했습니다."

"하하! 호사가들은 정체된 무림의 격동자라는 말을 서슴지 않았지. 하지만 정말 놀라운 것은 쏙 빠져 있군."

"정말 놀라운 것이요?"

낙천은 빙긋 웃으며 고개를 끄덕이는 홍안수의 모습에 대놓고 물었다.

그가 말한 놀라운 것도 궁금하지만 저런 편안하고 행복한 웃음을 그가 지을 수 있다는 것이 놀라웠다.

"그의 걸음에 피가 없다는 것이야. 그 많은 이야기들 중에 누군가 목숨을 잃었다는 말을 한 번이라도 들어본 기억이 있는가."

"아……!"

"그는 누구도 죽이지 않았어. 나와 다르지. 막으면 죽이는 길밖에는 없던 나와 달리, 그는 나로서는 이해할 수도 없는 길을 걸었어. 사람을 살린다. 죽이지 않는다. 믿을 수 없는 일이지. 그만한 고수들을 말이야."

말을 꺼내는 동안 홍안수는 복잡한 얼굴로 웃었다. 자신과는 다른, 그렇기에 이해할 수 없는 그의 길을 칭찬하고 논하는 것이 어색한 것인지도 몰랐다.

"자신의 사상과 이상을 펼치려면 그만한 힘이 필요한 법이죠. 그는 강한 사람이었군요."

"강했지. 누구보다 신비로웠고 말이야."

"그런 분과 반대라니 서운하기도 하고, 한편으로는 비교가 되어 영광이기도 하군요."

"비교?"

홍안수는 생긋 웃으며 말하는 낙천의 모습을 보며 생각에 잠겼다.

그 말을 들으니 어째서인지 생각이 번져 나가갔다. 둑 터진 물처럼 웃음으로 시작된 것이 다른 것들로 이어졌다.

"자네는 그를 닮고 싶은가?"

"음? 제가요? 하하! 그럴 수 있다면 좋겠지만, 그럴 순 없을 것 같군요. 저는 그만한 힘이 없습니다. 그래서 오늘도 낯 뜨거운 일을 벌이지 않았습니까."

"힘이 있다면 따라가고 싶은가?"

"흐음……. 글쎄요. 아마도 아니지 않을까 싶은데요."

빙긋.

홍안수는 웃으며 말하는 낙천의 모습에 눈꼬리를 치켜들었다. 그에게서 묘한 느낌을 받은 이유를 이제야 알 것 같았다.

감정을 감추고 웃음이라는 가면을 쓰고 있으면서도 지나치게 솔직하다. 거짓으로 말할 수 있는 것들을 지나치게 솔직하게 털어놓는다.

"너는 묘한 사람이다."

"하하! 그것은 대사범님이 더 하지요. 저는 어디까지나 평범하기 그지 없는 사람입니다."

"……그런가."

"예, 대사범님께서도 그러하지 않습니까. 특별함이란 무공의 수위만으로 정해지는 것이 아니라고 생각합니다. 우리는 평범하지요. 그렇기에 이 자리에 있을 수 있는 겁니다. 그분처럼 특별하였다면, 이렇게 편히 앉아 있지는 못할 것입니다."

웃으며 말하는 낙천의 모습에 홍안수는 말없이 고개를 끄덕였다.

틀린 말이 아니다.

옳다.

그는 평범하다. 그렇기에 이렇게 앉아 있을 수 있는 것이다.

"앞으로는 어찌할 생각인가."

"흠. 글쎄요. 생각한 것들을 수정하고 고쳐야겠지요. 큰 판이니 더 골몰히 생각해 봐야지요."

"그렇군. 마지막으로 궁금한 것이 하나 더 있는데."

"무엇이 말입니까?"

낙천은 깊어진 홍안수의 눈을 똑바로 쳐다보며 물었다.

"오늘 이야기를 타 장로들과 수뇌부들에게도 한 것인가."

"그럴 리가요. 그들에게 이야기를 해 무엇하겠습니까. 아무런 확신 없는 그저 부탁이었을 뿐인 것을요."

"그럼, 장로와 수뇌들을 놔두고 나와 독대를 하며 앞으로의 일을 논한 것인가."

"앞으로의 일이라……. 뭐, 다 무산되긴 하였습니다만 그렇지요. 이번 일은 장로들과 수뇌들이 도울 수 없는 일이 아니었습니까. 적철아랑패를 가지신 것은 대사범님이지 그들이 아닙니다."

"그렇다 해도 그들은 호혈관의 수뇌다. 이야기를 들을 이유가 있었을 터인데."

홍안수는 가볍게 이야기하는 낙천을 바라보며 재차 물었다.

"아직 그들을 믿지 못하고 있는 것인가. 중요 자리에 빠진 수뇌부라니 어쩐지 우습다는 생각이 드는군. 자네는 그들도 믿지 못하면서 나를 믿는 것인가."

"하하! 정확히 말하면 저는 누구도 믿지 않는 것입니다. 앞으로의 일에 있어서만큼은 누구의 말도 믿을 수가 없지요."

"허면 어째서 나에게 그러한 이야기를 털어놓았던 것인가."

"참고하기 위해서지요. 대사범님은 저를 제외하고 호혈관을 통틀어 가장 높은 자리에 있는 분이십니다. 그러니, 어찌 묻지 않을 수가 있겠습니까."

"말이 맞지 않다. 그러한 말은 말장난에 불과해."

"하지만 사실인 것을 어쩌겠습니까? 거짓이라도 듣기 좋은 말들을 쏟아 놓을까요?"

낙천은 우두커니 앉아 있는 홍안수를 바라보며 웃었다. 종일 웃고 웃었지만 지금만큼은 가슴 가득 긴장이 들어차 있었다.

"너는 거짓을 말하지 않는다. 네게 해가 가지 않는 선에서는 누구보다 솔직하다."

"그렇습니까?"

"그래. 적어도 그 정도는 알아볼 눈이 있으니까. 그렇기에 나는 지금까지 살아남을 수 있던 것이고."

뚜둑.

굳은 몸을 푸는 홍안수의 모습에 낙천의 눈이 커졌다.

"지금 내가 물은 말이 너에게 해가 되는 것이냐."

"아니, 아닙니다."

"헌데 어째서 거짓을 말하는 거지?"

"거짓이라니 무슨 말씀이십니까."

"아직 뱉지 않은 말이 있는 것은 아닌가. 무엇을 숨겼지? 무엇을 숨기고 있는 거냐?"

날카롭게 쏘아보는 홍안수의 눈빛에 낙천은 움찔 몸을 떨었다.

고수.

절정을 넘은 고수의 눈에서 뿜어져 나오는 안력은 노도사들의 투시안과 다름없어 보였다.

"앞서 말했듯 앞으로의 일에 대해서는 누구도 믿지 않습니다. 비밀을 아는 자가 둘이면 하나의 배신자가 생기는 것이고, 셋이면 둘이라는 배신자가 생기는 법이지요. 그렇게 배신자가 늘어나는 것입니다."

"내가 배신할 것이라 생각하는가."

"아니요. 그것은 아닙니다."

"허면 그 말은 무엇인가."

낙천은 발가벗겨진 채 거리에 선 것처럼 홍안수의 눈빛에 가슴이 철렁 내려앉았다.

"당신이라는 사람은 손바닥에 넣고 굴릴 수 있는 이가 아니기 때문입니다. 그렇기에 더욱 말할 수 없는 것이 있는 것입니다."

"내가 두려운 거군."

짧게 말을 찌르는 홍안수의 모습에 낙천은 웃으며 고개를 끄덕였다.

"그 말이 맞는지도 모르겠군요. 대사범님은 두려운 존재입니다."

"허면 어찌 이리 많은 것을 늘어놓은 게지?"

"이 정도도 말해 주지 않는다면 더욱 위험해질지도 모르니까요."

낙천은 요동치는 가슴에도 한 걸음 물러서지 않고 가슴에 들어찬 말들을 뱉어냈다.

물러서서는 안 된다.

웃음을 잃어서도 안 된다.

낙천은 평소와 다름없는 모습으로 홍안수의 기세에 맞섰다.

"그렇다면 더는 묻지 않겠다."

"좋은 생각이십니다. 더 물어봐야 저는 말씀드릴 것이 없거든요."

헤실.

방금 전 그렇게나 가슴을 졸여 놓고도, 금세 사람 좋게 웃는다. 홍안수는 파르르 떨리던 가슴을 수습하고 웃는 낙천의 모습에 자리를 털고 일어섰다.

"나 역시 너를 믿지 않는다. 그럼에도 내가 이 자리에 있는 이유는 네가 더 잘 알 것이라 생각한다."

"물론이지요. 모를 리가 있겠습니까."

낙천은 똑바로 자신을 쳐다보는 홍안수를 보며 미소 지었다. 그는 누구보다 큰 사람이지만, 한없이 작은 사람이기도 하다.

그렇기에 손에 넣고 굴릴 수는 없으나 걱정이 없다. 그가 바라고 그가 원하는 것은 무림에 있는 것이 아니기 때문이다.

"저……."

밖으로 걸음을 떼려는 순간.

방문 밖에서 나지막한 목소리가 들려왔다.

"무슨 일이냐."
"대사범님께 손님이 찾아오셨습니다."
"손님?"
"예."
낙천은 고개를 갸웃하는 홍안수의 모습에 확인차 되물어보았다.
"손님을 모셨습니까?"
"아니, 그런 적 없다. 내 이곳에 무슨 손님을 부른단 말인가."
"허면, 누가 온 것인지······."
"모른다."
딱 잘라 말하는 홍안수의 모습에 낙천이 뒷머리를 긁으며 문을 열었다.
"대사범님의 손님이 맞느냐? 누구라 하시더냐."
"그게······, 그분께서 말씀하시기를 그저 창천이라 전하면 아실 거라고······."
"창천?"
번뜩.
문 앞에 선 이의 말에 홍안수의 눈이 크게 떠졌다.
호랑이도 제 말을 하면 온다더니, 자신에 대해 말한 것에 귀가 가려웠던 것일까.
홍안수는 날카로운 눈으로 따지듯 물었다.

"그가 직접 말을 하였다고? 그의 목소리가 어떠하였느냐."
"예?"
"목소리가 어떠했느냐 물었다."
"그게……."
그는 뜬금없는 물음에 잠시 말끝을 흐렸다.
목소리라는 것을 뭐라 설명할 수 있을까.
홍안수는 말을 잇지 못하는 사내를 향해 다시금 물었다.
"그의 목소리에서 남들과 다른 것을 느낄 수 있더냐."
"그게……그냥 다를 것 없는 목소리였습니다. 조금 맑고 낭랑하다는 것을 빼면……."
콰앙!
자리를 박차고 나선 홍안수가 화살처럼 쏘아져 나갔다.
말?
말을 했다고?
홍안수는 믿을 수 없는 사실에 가슴이 심하게 요동치고 있음을 느꼈다.

"호오……."
깊이 패인 바닥.
낙천은 홍안수가 딛고 나간 바닥을 바라보며 턱을 쓸었다.
'그만한 사이란 말이지.'
홍안수를 따라 걸음을 옮기는 낙천의 얼굴에 잔뜩 웃음이 걸렸다.

*　　*　　*

따앙!
제대로 숨 한 번 고르기 전에 닫혀있던 외채의 문이 벌컥 열렸다.
"창천!"
크게 소리치는 홍안수의 목소리에 자리에 선 권오성의 몸이 굳었다. 그의 목소리에 담긴 의미가 무엇인지는 모르나, 실린 감정이 깊다.
혹, 손님이 아닌 다른 자일까.
거칠게 튀어나오는 홍안수의 모습에 권오성의 두 손이 곱사등이처럼 굽었다.
진사공.
벌겋게 달아 오른 권오성의 눈이 창천을 향해 쏟아졌다. 여차하면 그대로 창천의 목을 꺾어 버릴 생각이었다.
"오래간만입니다. 그간 별고 없으셨습니까."
쏟아지는 권오성의 살기에도 아랑곳 않고 창천은 홍안수를 향해 인사를 건넸다.
"정말…… 정말…… 말을 할 수 있게 된 것이냐?"
버선발로 달려 나온 홍안수의 모습에 창천이 웃으며 고개를 끄덕였다.

"하⋯⋯ 하하!"

커다랗게 웃음을 터트리는 홍안수의 눈에 눈물이 맺혔다.

처음, 홍안수는 사내가 창천이 찾아왔다는 말을 전했을 때에 믿을 수가 없었다. 창천이 찾아왔다는 것을 믿지 않은 것이 아니다.

그라면 올 법 하였다.

무림에서 부르는 맹룡이라는 별호 외에 민간에서는 선인이라고까지 불리는 이가 아닌가.

홍안수는 그가 왔다는 것이 아닌, 그가 입을 벌려 말을 전하였다는 것을 믿을 수가 없었다.

"그간 무슨 일이 있었던 게냐. 스승님을 찾는 일은⋯⋯ 남만으로 떠났던 일은 잘 마무리가 된 것이냐?"

"예, 잘 마무리하고 돌아왔습니다."

"잘⋯⋯ 되었다."

꼬옥.

홍안수는 가만히 선 창천을 안아 그의 작은 어깨를 토닥여 주었다.

그를 홀로 두고 남만을 떠나오던 날.

떨어지지 않는 걸음을 두고 얼마나 많이 후회를 하였던가.

조금 더 지켜보았으면 했다.

조금 더 그를 보고, 약속 하지 않은 길까지 함께 걷고 싶었다.
 창천은 어깨를 다독이는 홍안수를 바라보며 조용히 웃었다. 만나면 물으려 했던 말을 깊게 삼켰다.
 묻지 않아도 알 수 있다.
 그가 얼마나 자신을 생각해 주는지, 그에게 있어 자신이 어떠한 사람인지 묻지 않아도 그의 행동을 보며 창천은 깨달을 수 있었다.
 "흠……, 일단은 안으로 모시지요. 대사범님의 손님이라면 우리 호혈관의 손님인 것을. 이리 밖에 세워 둘 수는 없는 일. 안으로 드시지요."
 "아……!"
 멍하니 서 있던 권오성과 관원의 고개가 숙여졌다. 홍안수와 함께 앉아 있던 이낙천이 걸어 나온 것이다.
 "가서 귀한 손님이 오셨다 이르고 상을 내어 오게."
 "아, 예! 그리하겠습니다. 장문인."
 꾸벅.
 고개를 숙여 말하는 사내의 모습에 낙천이 한 걸음 창천을 향해 다가섰다.
 손님이라…….
 낙천의 눈에는 창천의 모습이 홍안수가 버선발로 달려 나갈 만큼 큰 인물로 보이지 않았다. 무림인보다는 서생에 가까운 그의 기도 때문인지도 몰랐다.

'과거사에 얽힌 인연 중에 하나일까.'

이낙천은 지그시 창천을 훑어보며 생각했다.

"호혈관의 현 장문인인 이낙천이라 합니다. 대사범님의 손님이라기에 이리 불쑥 고개를 내밀게 되었습니다."

"아, 예. 저는 창천이라 합니다."

포권을 취하는 낙천의 모습에 창천이 고개 숙여 말했다. 낙천은 그러한 창천의 모습을 유심히 보았다.

맹룡이라고까지 불리는 이.

남다른 점이 있을 것이라 믿었다.

슥.

숙인 고개를 들려는 바로 그때였다.

쩡.

낙천은 가슴 한켠이 서늘해지는 것을 느꼈다. 홍안수와는 전혀 다른 눈빛이다. 홍안수의 눈빛이 칼날처럼 날카롭다면, 그의 눈빛은 바다처럼 넓고 무겁다.

그뿐만이 아니다.

그 눈을 피할 길이 없다.

눈을 어디에 두어도, 마음을 숨기고 숨겨도 바닷물과 같은 눈에 젖어 모두 들켜 버릴 것만 같은 느낌이 들었다.

"험험!"

홍안수는 유심히 서로를 살피는 둘의 모습에 헛기침을 토해 냈다. 밖의 소란에 하나둘, 사람들이 모여든다.

밖에 서서 이야기를 나누기에 이제 보는 눈이 많아진 듯싶었다.

"아이고, 정신 좀 봐라. 그럼 일단 안으로 드시지요. 상은 말하여 두었으니, 금방 올 것입니다."

"아, 예. 사양하지 않고 그럼……."

싱긋.

창천은 외채로 안내하는 낙천을 따라 걸음을 옮겼다. 주위로 하나둘 모여든 이들의 시선이 느껴졌다.

대사범. 장문인.

현 호혈관의 실질적인 권력자들과 함께 선 창천이 대체 누군지 궁금해진 것이다.

"재미있는 곳이군요. 호혈관이라……."

모여든 이들을 힐끔 둘러보고는 창천은 어둑한 외채로 들어섰다.

우웅.

창천의 허리춤에 달린 검이 기분 좋게 울고 있었다.

*   *   *

후룩.

손님으로 들어선 창천은 의심 없이 차를 받아 삼켰다.

깊은 인연이 있어 그랬을까.

사파인이라면 생각할 수 없는 모습을 그는 보여주고 있었다.

"맹룡이라…… 생각하였던 것과는 전혀 다른 모습이라 놀랐습니다."

차를 들이키는 창천의 모습에 낙천이 말했다.

맹룡.

현 무림에 그 별호를 모르는 이가 있을까.

홍안수는 적잖게 놀란 이낙천을 향해 말했다.

"별호를 붙인 이들이 창천을 모르는 거다. 입으로 떠드는 자들은 사람의 깊은 맛을 모르 법이다."

"하하. 그리 말씀하여 주시는 것은 홍안수님 뿐이십니다. 맹룡이라…… 사실 저와 어울리는 호는 아니지 않습니까."

"그러니 그것이 잘못되었다는 거다."

창천은 후룩 차를 들이켜는 홍안수를 보며 웃었다. 놀라 흔들렸던 마음이 다시금 굳어진 모양이다.

'흠…….'

창천은 조용히 앉은 홍안수를 바라보며 생각했다.

달라진 것이 없다.

제법 오랜 시간이 흘렀음에도, 남들이 높다 이야기하는 자리에 올랐음에도 그는 변함이 없다. 이전과 같이 무뚝뚝하고 먹먹하게 앉아 고지식한 이야기를 늘어놓는다.

"사랑하시는 분과는 어찌 되었습니까?"

"……!"

불쑥 물어오는 창천의 말에 홍안수의 가슴이 뜨끔해 몸을 떨었다.

기억하고 있었던 걸까.

일전에 털어놓은 말이 이제야 생각이 났다.

어찌 그런 말을 했는지, 홍안수는 뜨거워지는 두 볼에 고개를 돌렸다.

'호오.'

뜻밖의 상황에 낙천이 얼굴 가득 번지는 웃음을 참으며 물었다.

"월영 누이를 말씀하시는 것인가요?"

"흠……!"

헛기침을 토해내는 홍안수의 모습을 바라보며 이낙천의 얼굴에 얇은 웃음을 지었다.

"두 분께서는 얼마 전 혼약을 맺으셨습니다."

"혼약이라……. 역시 그렇군요."

낙천의 말에 창천은 똑바로 눈을 두지 못하는 홍안수를 바라보았다. 쿵쾅거리는 그의 심장소리가 들리는 듯하였다.

"너, 너는 어쩔 생각이냐. 다시 그곳으로 돌아갈 생각이냐?"

"아, 예. 그럴 생각입니다. 사람들의 입에 오르내리는 일도 싫고, 이제는 다시 이곳에 나오는 일도 없을 것입니다."

"이곳이라면 무림 말씀이십니까."

창천의 말에 낙천이 끼어들어 말했다.

귀가 솔깃한 말이다.

장문인으로서 그는 홍안수만큼이나 탐이 나는 인물이다.

맹룡 창천이 아닌가.

혹여라도 그를 잡을 수 있다면, 천군만마를 얻은 것보다 더 든든할 것이다.

"예, 무림을 말하는 것입니다. 저를 휘두르는 것들이 모두 사라졌으니 이제는 다시 휘둘릴 일이 없겠지요."

창천은 나지막한 이낙천의 말에 웃으며 고개를 끄덕였다.

"그렇다는 것은 은퇴를 하겠다는 말이냐?"

"은퇴라니 당치도 않지요. 제가 무엇을 했다고 은퇴를 한단 말입니까. 저는 그저 제가 있어야 할 곳으로 돌아갈 뿐입니다."

"쉽지는 않을 게다."

홍안수가 다 비운 찻잔을 내리며 말했다.

마천루주가 자리를 비우고 무림맹이 무너져 내렸다.

각 문파들은 고수들을 끌어 모으기에 여념이 없고, 조금이라도 자신들의 세를 불리기 위해서라면 무릎을 꿇는 것도 마다하지 않는 이들이 전 무림에 수두룩하다.

그러니 쉬울 리가 없다.

맹룡, 현 무림의 하늘이라 불리는 창천을 포섭하기 위해 혈

안이 된 이들이 한둘이 아닌 이상 속 편하게 산에 들어가 신선처럼 살 수는 없는 일이다.

"세상에 누가 더 있어 제 뜻을 막을 수 있겠습니까. 제가 그것을 원하는 이상, 그것은 어려운 일은 아닐 것입니다."

"그런가."

웃으며 말하는 창천을 바라보며 홍안수는 조용히 고개를 끄덕였다.

기우였을까.

확실한 그의 말을 듣자하니 절로 고개가 끄덕여진다.

큰 사내가 되었다.

이전과 같은 망설임이 보이지 않는다. 남만을 거쳐, 북해와 서장을 거쳐, 그는 차돌과도 같이 단련된 것이 틀림이 없다. 한 치의 흔들림이 없는 남자로, 자신의 생각을 밀어붙일 줄 아는 사내로 다시 태어난 게다.

"맹룡의 은거라……. 그렇군요. 수많은 무용담을 들어온 저로서는 참 아쉽습니다."

"그렇습니까."

방긋.

낙천은 웃음 짓는 창천의 모습에 고개를 끄덕였다.

그를 붙잡아 두고 싶은 마음이 굴뚝같았으나, 낙천은 그러한 마음을 드러내는 것을 포기했다.

한 눈에 척 보아도 알 수 있다.

그는 손바닥에 놓고 굴릴 만큼 작고 만만한 인물이 아니다.

'곁에 두고 있으면 언젠가 무서운 기세로 나를, 호혈관을 먹어치우겠지.'

아쉬운 마음을 삭히며 이낙천은 빙긋 웃었다. 본의 아닌 웃음이었지만 어쩔 수가 없었다. 얼굴을 구기고 진심을 내보이기에는 그 상대가 너무도 커 보였다.

"허면, 훗날 찾아가 보아도 되겠느냐?"

"물론이지요. 이렇게 제가 손님으로 찾아왔듯, 언제고 손님으로 찾아오신다면 저에게는 더할 나위 없는 기쁜 일이 될 것입니다."

웃으며 전하는 창천의 말에 홍안수의 얼굴에 웃음이 달렸다. 전하는 소리는 변하였어도 그 마음만은 변하지 않았다.

머릿속으로 울리던 목소리도, 목울대를 울리는 목소리도 똑같다. 그의 목소리는 달콤한 거짓말들과 달리 언제나 가슴을 시원하게 쓸어주는 차와 같다.

"이대로…… 돌아갈 것이냐?"

"그래야지요. 더 오래 머물렀다가는 귀찮은 일들이 벌어질 테니까요."

"그래도 며칠은……."

휘휘.

창천은 홍안수의 말에 고개를 저었다.

"이미 개방의 손을 거쳐 찾은 길입니다. 조금이라도 시간이

지체되었다가는 또다시 많은 일들이 벌어질 것입니다."

"흠. 저 역시 같은 생각입니다. 귀한 손님을 모시는 것은 좋은 일이지만, 지금 우리에게 있어 맹룡 창천은 분에 찰 만큼 큰 손님이니, 헤아릴 도리가 없지요."

"허허……."

낙천의 말에 홍안수가 쓴웃음을 터트렸다. 입가에 달린 웃음과 달리 날카로워진 눈빛이, 그가 얼마나 진지하게 말하고 있는지를 보여주고 있었다.

장문인이다.

한 문파를 책임지는 사람으로서 그는 이 자리에 앉아 있는 것이다.

"참으로 닮았지? 이곳, 그리고 이 사람 말이야."

홍안수가 낙천의 모습에 불쑥 말을 꺼냈다.

다른 설명을 붙이지 않아도 그러면 자신이 무슨 말을 하는지 알 것이라 생각했다.

"예, 그런 듯합니다. 처음 이곳에 발을 붙였을 때부터 느끼고 있었습니다."

"그래, 그래서 나는 이곳이 좋다. 마음에 들어."

흡족히 웃음 짓는 홍안수를 바라보며 창천은 고개를 끄덕였다. 그가 닮았다 말하는 이곳이 어떠한 곳인지, 그가 닮았다는 사람이 어떠한 사람인지 창천은 잘 알고 있었다.

마천루와 마천루주.

이 작은 무관은 마천루를, 눈앞의 젊은 장문인은 마천루주를 빼다 박은 듯이 보였다.
"계실 곳을 찾아 다행입니다."
"너야말로 스스로를 찾아 다행이다. 흔들리는 일 없이 곧게, 네가 살고 싶은 대로 살아라."
방긋.
창천은 웃음 짓는 홍안수의 말을 들으며 자리를 털고 일어섰다.
안부차 들른 자리다.
더 많은 대화를, 더 많은 말을 나누고 싶었지만 이곳에서는, 이 자리에서는 이 정도가 적당하다는 생각이 들었다. 밖에서 느껴지는 사람들의 소리와 하나둘 몰려드는 시선이 예사롭지 않았기 때문이다.
"가려는 게냐."
일어서는 창천의 모습에 홍안수가 물었다.
"가야지요. 말했듯 시끄러워지기 전에 움직이는 것이 좋겠지요."
"더 많은 담소를 나누었으면 하였는데 아쉽게 되었습니다. 복불복이라…… 지금은 우리 호혈관이 큰 복을 얻을 때가 아닌 모양입니다."
일어서는 창천의 모습에 낙천이 본의를 감춘 표정으로 말했다.

"하하! 별말씀을 다 하십니다. 복불복이라…… 하하, 하하 하하!"

고개 숙여 말하는 낙천의 말에 창천이 대소했다.

"너도 그리 생각하는 게지?"

우웅.

창천은 허리춤에서 우는 묵룡을 풀며 말했다.

사막에 마주앉아 이야기를 나누던 그날 밤이었던가.

무림을, 검을 놓기로 마음먹었던 그날 묵룡은 창천과 이어진 호흡을 끊었다. 검혼은 검으로써 있을 수 있을 때 가장 큰 빛을 발하는 법이다.

창천은 다시금 울기 시작한 묵룡을 바라보며 고개를 끄덕였다. 검의 마음을, 묵룡의 생각을 모두 읽을 수 있는 것은 아니다.

허나 느낄 수는 있다.

자신의 손에서 태어난, 또 하나의 자신이 아니던가.

손에 쥔 묵룡을 지그시 바라보고는 눈앞에 선 낙천을 향해 건넸다.

"이 검은 재미있는 검입니다. 사람보다 바르고, 사람보다 뛰어나지요."

"예? 그것이 무슨 말씀이십니까?"

검을 건네는 창천의 모습에 낙천이 당황해 물었다.

무엇을 원하는 것일까?

고승 흉내를 내어 한 마디 뱉은 말이 선문답으로 돌아왔다.

무슨 말을 해야 하는가.

무슨 말로 답해야 하는가.

그가 건넨 검을 잡아야 하는가 말아야 하는가.

낙천은 창천과 홍안수를 번갈아 바라보며 생각을 정하지 못하고 망설였다.

꾸욱!

창천은 그러한 낙천을 바라보다 말없이 그의 손에 묵룡을 쥐어 주었다.

"검이 사람을 택하는 일도 있는 것입니다."

"아……."

무슨 뜻일까.

낙천이 손에 쥐어진 검의 무게에 놀라 뭐라 말하려는 순간, 창천이 방문을 열고 밤길을 나섰다.

인사도, 가벼운 목례도 없었다.

창천은 바람처럼 호혈관을 떠나갔다. 눈으로 따라 잡을 수도 없을 만큼 빠른 속도로, 낙천은 한순간에 사라져버린 창천의 모습에 멍하니 손에 쥔 검을 들고 서 있었다.

"대체 이 무슨……."

손에 쥐어진 묵룡의 모습에 낙천의 이마가 깊이 패였다.

"글쎄, 나도 모르지. 다만 그는 이제 인간사에 얽힌 인물이 아닌 듯싶다. 나를 찾아온 것도 그것을 마지막으로 털어내기

위함일지도 모르지. 그는 누구나가 말하는 도를 이룬 건지도 모른다."
 "도(道)? 그가 도사라도 되었다는 말입니까."
 낙천이 혼란스러운 머리를 흔들어 물었다.
 짧은 만남으로 이토록 머릿속을 어지럽게 만든 이가 또 있을까.
 홍안수는 멍하니 선 낙천의 어깨를 두드리며 어둑한 방으로 몸을 돌렸다. 찾아보아도 보이지 않는 창천의 모습에 가슴 한 켠이 아쉬움에 젖었다.
 선인곡을…… 창천을 다시 찾아갈 날이 있을까.
 방금 전까지 이야기를 나누었던 것이 꿈같이 느껴졌다.
 인연.
 홍안수는 그와의 인연이 이제 다한 것인지도 모른다 생각했다.
 '아니, 다시 시작인지도 모르지.'
 창천의 애검 묵룡을 손에 쥔 낙천의 모습에 홍안수의 얼굴 가득 웃음이 걸렸다.

"문제는 그놈들이 어찌하느냐 입니다."

침통한 표정으로 모여 앉은 흑봉파 수뇌들의 얼굴에 짙은 먹구름이 끼었다.

하루하루가 살얼음판이다.

선대가 장대한 기골로 의기(意氣)를 받들어 하북 땅에 무관을 세운 것이 벌써 오십 년 전.

이제 제법 자리를 잡아간다 싶더니만 뜻하지도 않은 곳에서 일이 터져 버렸다.

"하북팽가 놈들이 허망하게 떠나 버린 것이 시작이었습니다. 처음에는 그저 좋은 일이라 생각했습니다만, 생각해 보면 그것이 파란의 시작이었던 것입니다. 정파 놈들은 정파 놈들대로, 사파 놈들은 사파 놈들대로, 하북 땅을 노리는 이가 많아져 버렸으니 말입니다."

"정파 놈들이야 아직 그네들의 잔존 세력이 남아 있으니, 대놓고 도관을 세우지는 않아 괜찮은데……. 더 골치 아픈 것은 같은 사파 놈들이야."

"마천루가 아쉽게 되었지요. 이제 막 단물을 느껴 보려하였는데……."

철묵의 말에 염만홍이 얼굴을 찡그렸다. 틀린 말은 아니지만, 너무 노골적인 표현에 낯이 뜨거워졌다.

그래도 무인이 아닌가.

다른 세력에 기대어 득을 볼 생각을 하는 꼴이 좋게만 보이지는 않았다.

"호혈관의 상황은 어떻던가?"

"아직은 별다른 기미가 보이지 않습니다. 관원을 추가로 받는 것도 아니고, 그렇다고 타 문파들과 연합해 세를 불리고 있지도 않습니다."

"폭풍전야인가. 새 장문인으로 오른 것이 지난번 사단을 냈던 이낙천이라는 인물이라지?"

"예. 대사형이던 유권문이 자리를 양보하고 수련을 떠났다

하는데……. 냄새가 좀 나죠."

철묵이 의심스럽다는 듯 소문에 대해 말했다.

"암살인가?"

"그럴 가능성도 없지는 않습니다. 유권문이 떠난 모습을 본 이도 없고, 그런 그를 이후에 만난 이도 없습니다."

"웃는 얼굴 속에 사형제를 칠 만큼 비정한 마음을 숨기고 있을지도 모른다 이거지?"

염만홍은 고개를 끄덕이는 철묵의 모습에 턱수염을 쓸어 만졌다.

"하지만 어디까지나 다 추측 아닌가. 그런 야심과 비정함이 있었더라면 지금까지 조용할 리가 없지 않은가."

"그것이 저도 궁금합니다. 어찌 얻은 것인지는 모르나 그들은 낭인왕을 대사범으로 모시고 있습니다. 이름만 들어도 벌벌 떠는 이들이 한둘이 아닌 그를요."

"인연이라는 것은 사소한 일에서 뒤엉킬 수도 있는 법이니까. 대사범이라고는 하나 이름뿐인 직함이 아닌가."

"그렇지만……."

"나도 알아볼 것은 알아보았네. 그가 직접 나서서 자신의 무공을 전하고 있는 것은 아닌 모양이더군. 관에 드는 것도 보름에 한 번? 거주하는 곳도 호혈관 내가 아닌 밖이더군."

"……."

염만홍은 입을 다문 철묵과 수뇌들을 향해 말했다. 그도 이미 홍안수에 대해서는 사람을 써 알아볼 만큼 알아보았다.

"낭인이라는 것은 본디 돈에 움직이는 족속들. 세간의 많은 이들이 왕이라고 떠받들어준다 하여 본질이 뒤바뀌는 것은 아니지."

"장문인께서는 그가 돈에 고용되었다고 생각하시는 겝니까?"

"그게 아니면 달리 무엇이 있겠소. 앞서도 말했다시피 인연이야 작은 곳에서 어떻게든 엉켰겠지만 잡아 두는 일은 쉽지 않은 법이요. 그가 호혈관에 들었음에도 밖에서 따로 사는 이유가 무엇이겠소."

"관원들과 융화되지 못했기 때문이라는 말씀이십니까?"

쪼로로.

염만홍은 자신의 말뜻을 금방 알아채는 책무령을 바라보며 웃었다. 그는 얼마 전 큰돈을 들여 흑봉파에 적을 두게 만든 유림의 학사였다.

"세상사라는 게 다 그런 것 아니겠소. 사람이 움직이는 이유는 많은 곳에서 찾을 수 있지만, 사람을 붙잡아 둘 만한 이유는 그리 많지 않지."

"그렇……지요."

염만홍의 말에 책무령은 낮게 말을 삼켰다. 자신을 두고 하는 말이 아님을 알고 있으나, 자신에게 모이는 시선들은 어쩔 수가 없다.

그 역시 돈에 매인 몸이 아니던가.

"해서, 내 글선생에게 한 가지 부탁이 있소만."

"부탁……이요?"

"무인인지라 사람을 대하는 법을 몰라 말이오. 흑봉파를 대표하여 홍안수를 만나 줬으면 하는데 말입니다."

"호, 홍안수를 말입니까?"

"그렇소. 그와 이야기를 나누고 싶어서 말이오. 돈이라면 얼마가 들어도 좋으니, 그를 흑봉파로 데려왔으면 하오만."

"그런……."

책무령은 웃으며 말하는 염만홍의 모습에 뭐라 말을 내뱉지 못했다.

밤새도록 그의 위험함을 가르쳐 놓고는 이제와 만나라니.

그것은 사지(死地)로 떠나라 함과 다를 것이 없다.

"그는…… 호혈관의 사람이 아닙니까?"

"호혈관의 대사범이기 전에 낭인이오. 부디 글선생께서는 재량을 발휘하여 낭인왕과의 자리를 만들어 줬으면 하오."

"하지만……."

염만홍의 말에 책무령의 얼굴이 울상이 되었다. 못하겠다는 말을 할 수가 없었다.

척 보면 안다.

염만홍은 다른 말은 애초부터 들을 생각이 없었다.

명령을 내리는 것에 익숙한 그이니 다른 말을 들으려고나 할까.

　고압적인 태도의 염만홍을 바라보며 책무령은 말없이 고개를 끄덕였다.

　　　　　＊　　　＊　　　＊

"기상."
딱딱한 말 한 마디에 자고 있던 이들의 눈이 번쩍 떠졌다.
권오성.
널찍한 산굴에 모여 앉은 이들의 얼굴이 새파랗게 질렸다. 그가 새로 창설된 단의 단주로 임명받은 지 한 달 만의 일이었다.
"버, 벌써 아침이오?"
장판추는 싸늘한 권오성의 표정에 더듬거리며 물었다.
낙천을 따라 하북에 온 지 얼마나 되었을까.
신나게 먹고 즐길 줄 알았던 무림의 생활은 고통의 연속이었다.
오히려 군에 있을 때보다 더욱 고단한 나날에 굴을 박차고 나가고 싶던 것이 한두 번이 아니었다.
"아침이라는 것이 중요한가?"
"예?"
"아침이 중요한지 물었다."

"그러니까……."

열 살 아니, 스무 살은 더 어릴까.

장판추는 새파랗게 어린 권오성의 얼굴을 감히 쳐다볼 수가 없었다. 그것은 함께 온 이걸과 금사용 역시 마찬가지였다.

어리지만 강하다.

얕볼 만큼 만만하지 않고 하는 일마다 강단이 넘쳤다. 군에라도 들어간다면 둔장, 아니 백인 대장은 너끈히 하고 남을 듯 보였다.

"잤으면 일어난다. 그뿐이야."

싸늘히 이야기하는 권오성의 눈빛이 빛났다.

새파랗게 어린 그는 벌써 사람의 어깨를 찍어 누를 정도의 위엄을 가지고 있었다.

"굴에는 밤낮이 없어. 우리에게 밤낮은 중요하지 않다. 중요한 것은 이곳에 있는 동안 얼마나 배우고 얼마나 실천할 수 있느냐."

"아……!"

딱 부러지는 권오성의 말에 장판추는 뭐라 토를 달지 못했다.

처음에는 호통을 치기도 하고, 대들어 보기도 했다.

하지만 한 달이 지난 지금은 아니다. 무어라 말을 뱉었다가는 벼락같은 불호령이 떨어질 것이라는 것을 몸으로 느껴 알고 있었기 때문이다.

"저……. 그런데 어제 자리를 비운 이들은……."

"영소와 찬원이라면 걱정할 것 없다. 그들은 자신만의 것을 찾으러 간 것이니까."

"자신만의 것?"

권오성은 동그랗게 눈을 뜨고 묻는 이걸을 쳐다보며 고개를 끄덕였다.

두 눈에 생기가 도는 것을 보니, 눈치를 챈 모양이다.

그는 단원 중 누구보다 눈치가 빠른 자였다.

"오늘은 그것을 위해 왔다. 지금까지 배운 것은 제대로 사용할 수 있나."

"칠 할, 아니 팔 할은 익혔다 생각합니다."

금사용이 재빠르게 나서서 말했다.

이걸과 같이, 그도 이제야 권오성이 말하는 자신만의 것이 무엇인지 깨달은 것이다.

무공!

새로 배울 무공이다.

"팔 할이라……."

권오성은 금사용의 말에 고개를 끄덕이며 물었다.

"둘은 얼마나 익혔지?"

"저는……."

"모두 익혔습니다."

우물쭈물하는 장판추의 모습에 이걸이 먼저 나서서 말했다.

어찌 되었건, 새로운 무공을 익히는 것은 가슴 떨리는 일이다.
"모두라……. 그렇군. 기본적인 것은 가지고 있었으니 그렇겠군. 너는?"
"그게 저는……."
"얼마나 익혔냐니까."
장판추는 재차 묻는 권오성의 말에 뭐라 대답하지 못했다. 앞서 말한 둘 만큼 자신 있게 말할 처지가 못 된다는 것을 스스로가 잘 알고 있었다.
검도, 도도, 창도.
장판추는 권오성이 가르친 어떠한 무기술도 제대로 익히지 못했다.
"……일 할. 아니 이 할쯤……."
슥슥.
장판추는 눈알을 바닥으로 굴리며 말했다.
"일 할? 이 할이라고?"
"아니, 그게 저……."
빠악!
변명할 틈도 없이 권오성의 주먹이 장판추의 얼굴을 후려갈겼다.
"우둔한 것은 죄가 아니다. 하지만 노력하지 않는 것은 큰 죄다. 시간은 많지 않다. 능력이 모자르다면 그만큼 노력해야 하는 거다!"

쩌렁!

동굴을 울리는 권오성의 말에 얻어맞은 장판추의 몸이 부르르 떨렸다.

"나, 나도 노력했단 말이오! 검이고 도고 창이고! 내가 안 한 게 어디 있어? 내가 놀기라도 한 것 같아?"

씩씩!

분에 겨워 말을 뱉는 장판추의 목소리가 높아졌다.

하루 이틀이 아니다.

맞는 것도, 윽박지르는 것도 이제는 진절머리가 난다.

"이젠 못하겠수. 하는 데까지 했는데도 못 따라가는 것을 나보고 어쩌란 거요? 댁들이야 오래전부터 익혔던 것이니 상관없겠지만 나는 아니요. 이런 것 나는 못해!"

"못해?"

"그래 못해! 말이야 바른 말이지. 상하 등급이라는 게 있는 거 아니오. 모르고 못하면 할 수 있게 가르쳐야지. 그런 것 하나 없이 책자만 툭 던져주고 익혔냐 물으면 어떻게 하라고?"

"호오."

씩씩대며 소리치는 장판추의 모습에 권오성의 눈이 가늘어졌다.

그가 들어온 지 한 달.

아직 부릴 객기가 더 남아 있던 모양이다.

"그럼 가르쳐 주지. 잡아."

"뭐, 뭘 말이오?"

"검. 검을 잡으라고."

장판추는 한 걸음 다가서 말하는 권오성의 모습에 움찔하며 물러섰다. 빙긋 웃어 보이는 모습이 낯설지 않다.

이낙천.

가끔 보이는 권오성의 웃음은 자신을 호혈관으로 인도한 낙천과 닮아 있었다.

"거 정말 가르쳐 주는 거요?"

"물론. 나는 한 입으로 두 말할 사내는 아니야."

"좋소. 그럼 잡겠소. 어이, 금형. 여기 검 한 자루만 던져 주시오."

"……알겠네. 기다리게."

장판추의 말에 금사용이 어둠 속으로 사라졌다.

횃불을 밝히고 있다고는 하나 동굴은 동굴.

그늘진 자리는 짙은 어둠으로 한 치 앞도 보이지 않았다.

"여기 있네. 받게나."

철컹.

어둠 속에서 모습을 드러낸 금사용이 철검 한 자루를 꺼내 장판추를 향해 건넸다. 연습용으로 일찍이 동굴에 들어올 때 받은 강철 중검이었다.

"흠!"

장판추는 받아든 장검을 훑어보고는 기운차게 검을 뽑아 들었다.

차앙!

검집에서 단번에 뽑혀나온 중검이 붉은 불꽃을 뿌렸다.

장판추의 손에 쥐어진 중검은 투박하여 날이 서지 않은 쇠막대기 같았다.

"내가 가르쳐 준 것이 무엇인지는 기억하나?"

"찌르기와 베기. 그것을 모를 리가 있소."

"허면 익히지 못했다는 말은 무엇이지?"

"그야. 가르치지 않은 것을 익혔냐 물으니 그런 것 아니오. 그 두 개만 가르쳐 놓고 초식이네 뭐네 줄줄 써 있는 책자를 익히라고 덜렁 던져주지 않았소?"

빙긋.

권오성은 태연히 말하는 장판추의 모습에 웃으며 고개를 끄덕였다.

"그랬지. 그 책에 나온 것이 내가 가르친 것의 전부니까."

"말도 안 되는 소리 마시오! 그게 어찌 같다는 말이오!"

"다르다고?"

권오성은 목소리를 높이는 장판추의 모습에 정강이를 걷어찼다.

"억!"

바람 빠지는 소리와 함께 장판추의 무릎이 꺾였다.

"무릇 검이라는 것은 말이야. 찌르기와 베기. 이 둘로 이뤄진 아주 간단한 것이란 말이야."

 권오성은 무릎을 꿇고 주저앉은 장판추를 쳐다보며 휙 발을 차올렸다.

 퍽!

 차올려진 권오성의 발에 맞은 장판추의 손이 쭉 펴졌다. 쥐고 있던 검이 그대로 튀어 위로 날아올라 권오성의 손에 쥐어졌다.

 "잘 보라고."

 권오성은 뿌득 이를 갈고 있는 장판추를 쏘아보며 손에 쥔 검을 휘둘렀다.

 베고 찌른다.

 권오성의 검은 지극히 단순한 검로를 빠르게 따라 나갔다.

 종에서 횡으로, 횡에서 종으로.

 가볍게 그은 십자 베기에 이어 정권처럼 내지른 찌르기가 파앙 소리를 내며 공기를 꿰뚫었다.

 "애초에 복잡한 초식은 그 책에 있지도 않아. 기초적인 것도 모르는 네게 그러한 것을 가르칠 것이라 생각해?"

 "하, 하지만……!"

 "하나 묻겠는데 책을 펼쳐보기나 했나?"

 "아니……. 그러니까 나는……."

 권오성은 고개를 들지 못하는 장판추를 향해 다가섰다.

 "보지도 않았겠지. 저들의 검을 따라 하려고만 했지? 네 책은 보지도 않은 채 말이야."

"……."

"이봐. 내가, 우리 호혈관이 바보인 줄 알아? 착각하지 마. 네 실력은 누구보다 내가 가장 잘 알고 있어."

빠악!

권오성은 대답하지 못하는 장판추의 얼굴을 차올렸다.

"둘은 따라오고 너는 남아. 네게 준 책을 다시 보고 자세를 제대로 잡는 게 좋을 거야. 다음에 왔을 때도 지금과 같다면 그때는 평생 눈을 감지 못하게 만들어 주지. 그때가 되면 느끼게 될 거야. 살아도 산 것이 아니라는 말의 의미를."

움찔!

얻어맞아 나자빠진 장판추의 몸이 떨렸다.

눈을 감지 못하게 만든다니…….

그것은 죽인다는 말보다 배는 더 섬뜩한 협박이었다.

*　　*　　*

"재미있는 소식을 들었습니다."

싱긋.

아침 일찍 연무장을 찾은 낙천이 얼굴 가득 웃음을 띠우며 말했다.

"자, 장문인!"

장창을 들고 늘어선 관원들이 일제히 고개를 숙여 낙천을 반겼다. 자신들을 향한 걸음이 아닌 것을 알면서도, 잘 보이고 싶은 마음이 들어서인지 얼굴에 웃음을 달지 않은 이가 없었다.

"연무 중이다."

"아아, 알고 있습니다. 옆에 서서 구경이나 하고 있지요. 방해가 될까요?"

"전혀. 고작 그걸로 방해를 받는다면 그들의 군진이 잘못된 거다."

딱 잘라 말하는 홍안수의 모습에 낙천이 웃으며 물러섰다. 생각보다 조련이 잘 되어가는 모양이다.

"하나!"

커다랗게 울리는 홍안수의 구호에 맞춰 연무장에 도열한 관원들의 장창이 하늘을 찔렀다.

"하아!"

울려 퍼진 기합은 잘 다듬어진 군세를 뽐내며 호혈관 가득 퍼져나갔다.

병관(兵官).

연무시간의 호혈관은 무도관이 아닌 병사들을 관리 지도하는 병관이 된 듯하였다.

"어인 일로 아침 일찍 나를 찾은 것이냐."

"하하. 재미있는 소식이 들려 가만히 앉아 있을 수가 있어야지요."

낙천은 생글 웃으며 연무를 마치고 돌아온 홍안수를 보았다. 잔뜩 땀에 젖은 그를 보자니, 어쩐지 우습다는 생각이 들었다.

"무슨 소식 말이냐?"

"흑봉파에서 재미있는 일을 꾸민다는 이야기를 들어서요."

"흑봉파?

홍안수는 흥건히 젖은 땀을 닦으며 물었다.

흑봉파.

기억에 있다. 처음 하북에 들어섰을 때 길잡이로 두었던 영감이 말해 주었다.

그들은 가슴에 봉황을 새긴 이들로 근 오십 년 전에 하북 땅에 정착한 사파다.

"그들이 무엇을 꾸미기에 그리 웃으며 나를 찾은 것이지?"

"일단은 여기 좀 앉아서 이야기하지요. 나무 그늘이 시원합니다."

톡톡.

낙천은 엉덩이를 깔고 앉은 흙바닥을 두드리며 자리를 권했다.

낭인왕.

무림의 수많은 이들이 절정고수로 꼽는 사람.

낙천은 망설임 없이 흙바닥에 주저앉는 홍안수를 바라보며 크게 웃었다.

"하하하!"

"무엇이 그리 우스운가?"

대소하는 낙천의 모습에 홍안수가 고개를 갸웃거리며 물었다.

"하하. 뭐랄까. 그냥 옛 생각이 나서 말입니다."

"옛 생각?"

"예. 오래전, 그러니까 저기 연무장에서 연무하며 무공을 익히고 닦을 때에 대사범님과 같은 절정고수들을 상상하곤 했습니다."

"상상?"

낙천은 유쾌한 생각에 크게 고개를 끄덕이며 말을 이었다.

"예. 상상. 그들도 나와 같을까 하는 그런 망상 말입니다. 그때는 절정고수들은 땀 하나 안 흘릴 것이라 생각했습니다. 이렇게 흙바닥에, 그것도 제 옆에 앉아 땀을 흘리고 있을 것이라고는 상상도 못했습니다."

"그게 우스운가?"

"예. 어릴 적 망상의 끝자락이 이렇게 깨어지는구나 하는 생각이 들어 웃음이 납니다."

"그렇군."

"예, 그렇습니다."

홍안수는 크게 웃는 낙천을 바라보며 머쓱해진 뒷머리를 긁적였다.

어릴 적 망상이라…….

그가 이와 같이 맑은 웃음을 지을 수 있다는 것에 묘한 이질감이 느껴졌다.

"오늘 말입니다. 밀지를 한 장 받았습니다."

"밀지?"

한껏 웃은 낙천이 웃음을 지우고 말했다.

"예. 흑봉파에 심어둔 아이에게서 받은 서찰이었습니다."

"흑봉파?"

낙천은 크게 일그러지는 홍안수의 눈썹을 쳐다보며 웃었다.

"뭘 그리 놀라십니까. 간자(間者)라는 것은 어디든 있는 법입니다. 흑봉파에 간자를 심은 것이 그리 놀라운 일입니까?"

"그것을 이리 대놓고 떠드는 네가 놀라운 거다."

"하하. 그렇습니까."

낙천은 다시금 크게 웃으며 말했다.

"새어 나간다 해도 상관없는 말이니 감추어 무엇하겠습니까. 들으라면 들으라지요. 다만 밖으로 새어 나갔다가는 다시는 그 입을 놀릴 수 없게 될 테지만 말이지요."

"그래도 어디선가 덜미를 잡힐지도 모른다."

"덜미라……."

조용히 대답하는 홍안수의 모습에 낙천은 어깨를 으쓱였다.

"잡을 수 있다면 잡아보라고 하지요. 설령 잡힌다고 해도 탈 없을 일이니 걱정하실 필요 없습니다."

"너는 장문인이다. 사파라 해도 그 얼굴에 흠이 나는 일을 벌여서 좋을 것은 없다."

씩.

낙천은 얼굴 가득 웃음을 품고 말했다.

"그렇긴 하겠지만, 있다 해도 나쁠 것이 없지요. 그보다 제가 재미있는 일이 있다 말씀드렸지요?"

"그래. 그래서 내가 여기 앉아 있는 게 아닌가."

낙천의 말에 홍안수가 얼굴을 찡그리고 말했다.

"그 재미있는 말을 지금까지 늘려 죄송합니다. 한 마디로 요약해 말씀드리자면 말입니다. 흑봉파에서 대사범님을 사겠답니다."

"그게 무슨 말인가."

"말 그대로, 대사범님을 사겠답니다. 낭인으로서 얼마의 돈이 들든지 간에 대사범님을 사겠다는군요."

"나를 사?"

웃음 짓는 낙천의 모습에 홍안수의 얼굴이 와락 구겨졌다.

"그게 사실인가!"

"제가 거짓을 말해 무엇하겠습니까. 거짓을 말할 때는 이득이 있을 때나 하는 것이지요. 사실입니다. 저는 들은 그대로를 전했을 뿐입니다."

"나를…… 사겠단 말이지?"

바르르.

낙천의 말에 홍안수의 몸이 떨려왔다.

사겠다?

낙천은 흥분해 몸을 떠는 홍안수를 바라보며 자리를 털고 일어섰다.

"어째서 화를 내시는 겁니까."

"자네라면 화가 나지 않겠는가! 예전이라면 몰라도 지금의 나는 나를 팔지 않는다. 지켜야 할 것이 없던 때와는 다르다. 신의와 이름을 걸고 호혈관에 앉았다. 그것을 한 장의 종잇조각만큼이나 우습게보는 것이 아닌가!"

버럭!

소리치는 홍안수의 모습에 낙천의 눈이 동그래졌다.

신기한 일이다.

좀처럼 화를 내지 않던 그가 눈에 쌍심지를 켜고 화를 쏟아내고 있었다.

"화가 나지요. 몹시도 말입니다. 그러나 이번 일은 대사범님을 무시한 일이 아닙니다. 오히려, 우리 호혈관을 무시한 처사이지요."

꾸둑 꾸둑.

오래 앉아 있어 굳은 몸을 푸는 낙천의 관절에서 기괴한 소리가 터져 나왔다.

"그들뿐만이 아닐 겁니다. 호혈관을 무시하는 이들은 많지요. 아마 근처에 있는 다른 많은 사파들도 같은 심정이겠지요. 기껏해야 전 장문인이 비무로 죽어 나자빠진 소문파라 여기는 이들이니까요. 그러니 돈이나 들여 대사범님을 데려왔다 싶겠지요. 아니, 사실 그렇게 생각하지 않더라도 대사범님만 만나 옭아맨다면 얼마 되지 않은 얄팍한 사이 정도는 이간질로 무너트릴 수 있으리라 생각한 것일지도 모르지요."

홍안수는 스멀스멀 피어오르는 낙천의 기운에 분노로 떨리는 몸을 멈추고 물었다.

그저 단순히 재미있어 하는 것이라 생각했는데 그것이 아닌 모양이다. 얼굴 가득한 웃음이 섬뜩하게 느껴질 정도로 진득한 살기였다.

"그들을 죽일 생각인가? 그만한 살기라니 손발이 저릴 정도군."

"하하! 그럴 리가요. 그들을 죽여 무엇하겠습니까. 아무것도 벌어지지 않은 지금 덤벼봐야 아니라고 발뺌하면 끝인 일인것을요."

"그럼 어쩔 생각인가?"

낙천은 홍안수를 바라보며 대답했다.

"물론 싸워야지요. 그들이 그물에 엮이면 말이지요."

"그물에?"

"예. 그물에 엮이면 말입니다. 해서 묻는 말인데 군진은 당장 사용이 가능합니까?"

"두 눈으로 보고도 모르겠나? 당장이라도 가능하다."

"그럼 결정났군요. 어디 시원하게 엮어 넘어트려 보지요. 호혈관을 우습게보는 세간의 눈을 바꿀 때가 되었으니 말입니다."

빙긋 웃으며 돌아서는 낙천의 눈 위로 살광이 스쳤다.

*   *   *

"하아……. 어찌한다."

붉은 해가 서산 너머로 저물어 가는 시각.

단정하게 홍의를 차려 입은 하늘과 달리 책무령의 얼굴은 짙은 잿빛에 젖어 있었다.

'어찌 만나, 어떤 말을 전한단 말인가.'

책무령은 무거워진 발걸음을 질질 끌며 걸었다. 흑봉파에 적을 둔 지 이제 막 보름이 지났다.

무림이라는 별세계의 생리를 배우는 것만도 지치는 일인데, 이제는 목숨을 걸란다.

끈끈한 형제의 유대를 강조하고 가족이라 말하지만 엄밀히 따지면 푼돈에 매인 몸.

책무령은 답답한 가슴을 둘 곳을 찾지 못했다.

'이대로 도망쳐 버릴까?'

멀어진 흑봉파를 힐끗 돌아보며 생각했다.

푼돈에 목숨을 건다는 것은 자신의 목숨값이 푼돈과 같다는 것을 인정하는 꼴이니 속이 탔다.

두려움과 자존심이 책무령의 마음을 혼란스럽게 만들고 있었다.

"허허."

가슴이 먹먹해지자 입에서 허한 웃음이 터져 나왔다. 이러지도 저러지도 못하는 처지를 한탄하며 옮긴 걸음은 어느새 홍안수의 저택에 다다라 있었다.

"후우."

책무령은 길게 한숨을 내뱉으며 우뚝 자리에 섰다. 신세를 한탄하고 오늘을 후회한다 해도 변하는 것은 없다.

글을 읽고 붓을 잡은 것이 몇 년이던가.

오늘의 일은 푼돈에 팔려 흑봉파에 적을 두었을 때부터 이미 예견된 일이었다.

"명경지수(明鏡止水)라……."

장자의 말을 읊으며 책무령은 마음을 다잡았다. 혼란스런 마음을 붙잡고, 후회 가득한 상념을 지워 없앴다.

자신이 저지른 일을 남에게 전가하지 않는다!

귀에 딱지가 내려앉을 만큼 듣고 자랐던 아버지의 말을 마지막으로 떠올리며 책무령은 우뚝 멈춰 선 몸을 움직였다.

똑똑똑.

"계십니까."

곧게 뻗어나가는 책무령의 목소리가 굳게 닫힌 문 너머 넓은 장원을 울렸다.

"누구십니까?"

장원 가득 흘러넘친 목소리에 백의의 노인이 문을 열고 나와 물었다.

"홍안수 님을 찾아뵙기 위해 왔습니다. 자리에 계시거든 말을 전해 주실 수 있겠습니까?"

"예. 누구라 전하면 될까요?"

"흑봉파……. 아니, 책무령, 책무령이라고만 전해 주시면 감사하겠습니다."

"책무령이요?"

"예!"

갸웃거리며 되묻는 노인의 모습에 책무령이 고개를 끄덕이며 답했다. 결국 마음에 걸려 흑봉파라는 말은 꺼내지 못했다.

'이제 어쩐다…….'

저택의 안으로 걸어 들어가는 노인의 모습에 책무령의 가슴이 다시금 시커멓게 타들어가기 시작했다.

　　　　＊　　　＊　　　＊

해가 진 호혈관은 그 어느 날보다 조용했다.

"준비는 되었는가."

연무장 가득 도열한 관원과 가솔들을 바라보며 낙천이 말했다. 홍안수가 머무르는 저택으로부터 전갈이 온 지 반 시진 만의 일이었다.

> 모두를 읊아두었다. 한 시진. 그 안에 끝을 보는 것이 좋을 것이다.

낙천은 짤막한 글을 다시금 읽어보고는 웃으며 앉은 자리에서 일어섰다.
"반 시진. 우리는 세상 누구도 모를 전쟁을 치르러 간다. 기합도 함성도 필요하지 않다. 우리에게 필요한 것은 그들의 피와 땀뿐이다. 간다. 조용히 따라오도록."
"명!"
주루룩.
앞서 걷는 낙천을 따라 연무장에 시립한 관원들이 일제히 따라나섰다.
검은 무복 뒤에 큼지막하게 수놓인 호랑이가 소리 없이 포효했다.
전쟁이다.
짙은 밤을 흘러나가는 관원들의 몸으로 붉은 불길이 치솟아 올랐다.

*   *   *

"잘 될까?"
수뇌들이 모두 빠져나간 흑봉파.
삼삼오오 모여 앉은 문도들의 입에서 같은 말들이 쏟아져 나왔다.
"일단 자기 저택으로 초대했다는 게 마음이 있다는 거 아니겠어? 응할 마음이 없었다면, 오라 하지도 않았을 거 아냐."
"에이. 그래도 명색이 낭인왕인데 이미 적을 두고 있는 호혈관을 나와 돈 몇 푼에 몸을 담고 있는 문파를 옮기려고."
"야! 돈 몇 푼이라니. 모르긴 몰라도 대궐 같은 저택을 몇 개는 살 돈이라 하던데 뭐. 금덩이면 황궁도 움직일 수 있다 했다. 그리고 말이야 바른 말이지 낭인 주제에 왕이라는 말이 가당키나 하냐. 언제는 푼돈에 안 팔려 다닌 것처럼 이야기 하기는."
"아니, 나는 그런 게 아니라……."
윽박지르듯 소리치는 사내의 말에 먼저 입을 연 이가 뒷머리를 긁적이며 말을 접었다.
다른 곳에서도 마찬가지다.
이런저런 말이 나와 엇갈리고 엇갈린 말에 고성이 오간다.
화를 내고, 환성을 지르고.
어차피 시간이 지나면 금방 알게 될 일을, 어쭙잖은 견식을 내세워 평하고 논하는 이들까지 있었다. 평소 유생들이나 하는 꼴같잖은 일이라고 무시한 토론을 그네들이 벌이고 있는 것이다.

허나 어쩌겠는가.

그만큼 궁금하고 알고 싶은 것이 이번 일인 것을.

흑봉파 사내들은 신나게 떠들어대며 자신들의 이야기가 맞기를 바랐다. 과정에 관한 의견들은 엇갈렸으나 결론은 하나였다.

낭인왕.

사파 무림에서 손꼽히는 절정의 고수가 자신들과 함께하기를 모두가 바라고 있었다.

덜컥!

그렇게 시간을 때우며 노닥거린 지 얼마나 지났을까.

굳게 닫힌 문이 열리며 문을 지키고 있던 문지기가 튀어 들어와 소리쳤다.

"크, 큰일……!"

문지기는 놀란 가슴에 채 말을 다 뱉지 못하고 컥컥 막힌 숨을 내뱉었다.

"뭐야? 무슨 일이야?"

문지기의 모습에 모여 앉아 있던 사내들이 일어나 물었다. 창백하게 질린 얼굴과 컥컥 내뱉는 숨은 금방이라도 넘어갈 듯 보였다.

"호, 호……."

"호 뭐! 숨 좀 고르고 찬찬히 말해 봐. 호 뭐?"

"호, 호혈관이……."

"호혈관?"

문지기는 고개를 갸웃거리며 묻는 사내들의 모습에 몸을 떨며 문을 가리켰다.

"대체 뭐야?"

제대로 말을 잇지 못하는 문지기의 모습에 문과 가장 가까이 선 사내가 몸을 옮겼다. 슬쩍 열린 문틈 사이로 무언가 보이는 듯했다.

"뭐길래……."

슬쩍.

사내는 손을 뻗어 살짝 문을 잡아 당겼다.

"여!"

빙긋.

나지막한 문 소리 뒤로 들려오는 목소리와 웃음 가득한 얼굴.

"너, 너는……!"

문을 열어 젖힌 사내의 눈이 화등잔만 해졌다.

낙천이다.

얼마 전, 흑봉파로 쳐들어 와 깽판을 놓은 호혈관의 새로운 장문인이 문 앞에 서 있었다.

"오래간만일세. 그때는 자네가 문을 지켰던 것 같은데 오늘은 아니라 아쉬웠다네."

"이, 이런 썩을……!"

"근데 이렇게 나와 맞아주니 참으로 반가워."

빠악!

사내의 몸이 붕 떠올라 바닥으로 처박혔다.

"뭐, 뭐야!"

먼지를 피워 올리며 처박힌 사내의 모습에 모여 있던 흑봉파 문도들이 우루루 정문을 향해 모여 들었다.

"일 각. 마무리하도록."

"명!"

짧은 말과 함께 정문을 향해 모여드는 흑봉파를 향해 낙천의 등 뒤로 도열한 호혈관의 관원들이 달려들었다.

장창을 들고 진을 이뤄 달려드는 관원들의 등 뒤에 그려진 호랑이가 붉은 핏물을 뿌리며 포효했다.

빠악!

선두에 선 1단의 움직임에 넋을 놓고 서 있던 흑봉파의 문도들이 순식간에 나가떨어졌다.

빠르고 날렵한 움직임.

선두를 맡은 1단은 종횡무진 흑봉파를 헤집으며 그들을 중앙으로 밀어넣었다. 늑대가 사냥감을 몰 듯 장창으로 찌르고 후려치는 모습이 예사롭지 않았다.

"적이다! 적이 침입해 왔다!"

수세에 몰린 흑봉파 사내들이 다급히 소리쳤다.

침입!

오십 년 동안 단 한 번도 없었던 타 문파의 침입에 흑봉파는 속수무책으로 휘말리고 있었다.

"적이라니? 무슨……."

소리치는 사내들의 목소리에 허겁지겁 달려 나온 이들이 어리둥절한 표정으로 눈을 부볐다.

적이라니.

흑봉파에 입문한 이후로 처음 듣는 말이었다.

"어……?"

그때였다.

눈을 부비고 익숙해진 어둠을 털어 주위를 둘러본 바로 그때, 달려 나온 사내들의 눈이 커지고 놀람과 경악성이 터져 나왔다.

호혈관.

등 뒤로 호랑이를 짊어진 사내들이 종횡무진 흑봉파 안을 휘젓고 있었다.

"이, 이놈들이!"

검깨나 휘두른다는 이들이 빠르게 병장기를 움켜쥐고 달려 나갔다. 광장에 몰린 문도들을 서둘러 구해내야 한다는 생각이 들었다.

"하합!"

커다랗게 밤을 울리는 기합과 함께 서슬 퍼런 검광이 호혈관원들을 향했다. 광장 중앙으로 흑봉파를 밀어넣느라 그들의 등은 무방비 상태였다.

사악!

바람을 가르고 날아드는 칼날이 섬뜩한 소리를 터트렸다.

일 보.

사내들은 금방이라도 베어질 듯 머물러 있는 호혈관원들의 등을 바라보며 얇은 미소를 지었다.

'기습에 당황하지만 않았다면 이따위 놈들은!'

마약과도 같은 우월감이 전신을 휘감았다.

흑봉파 사내들은 눈앞에 멈춰선 호혈관원들을 향해 있는 힘껏 검을 휘둘렀다.

퍼석!

옷깃이 찢겨 날아올랐다. 멈춰 서 있던 호혈관원들의 등이 불쑥 솟아올랐다. 그리고 몸이 돌아갔다. 갑자기 등을 돌린 호혈관원들과 흑봉파 사내들의 눈빛이 부딪쳤다.

흑봉파 사내들이 입가에 띄고 있던 비릿한 미소가 그때 사라졌다.

흑봉파 사내들의 눈동자에는, 자신들의 목을 향해 치솟아 오른 장창이 보였다.

늦었다는 생각이 들었다. 어느새 목에 겨눠져 있는 장창들의 모습에 소름이 돋았다. 등 뒤로 식은땀이 주루룩 흘러내렸다.

빠악.

커다란 소리와 함께 날아오른 사내들의 턱이 돌아갔다.

"이건……. 이건 말도 안 돼!"

빠르게 흑봉파를 정리해나가는 호혈관원들의 모습에 아직 멀쩡한 모습의 흑봉파 사내들의 입술이 떨려왔다.

말도 안 되는 일이다.

아무리 수뇌들이 빠진 흑봉파라고는 하나, 이렇게 무기력하게 쓰러질 수는 없다. 호혈관이다. 한 무리에 넣고 보는 것을 수치라 여길 만큼 우습게보던 그들이다.

"흑봉파는 오늘 하북에서 지워지는 거야."

장창을 휘두르는 호혈관원들의 말에 사내들은 오싹 소름이 돋았다.

일 각.

낙천이 말한 짧은 시간 동안 흑봉파는 허수아비처럼 쓰러져 나가고 있었다.

*   *   *

"끄응……."

염만홍의 입에서 절로 앓는 소리가 터져 나왔다. 책무령의 말에 따라 홍안수의 집을 찾은 지가 벌써 한 시진은 더 지난 듯싶었다.

"대체 뭘 하고 있는 것인가. 우리가 기다린 지 벌써 한 시진은 더 된 듯한데, 주인은 뭘 하고 계신 것인가. 다시 한 번 고하여 주시게."

"그게……."

노인은 염만홍의 말에 안채를 향해 고개를 돌렸다.

"연무 중에는 아무도 들일 수가 없기에……."

"무슨 연무를 손님을 초대해놓고 한단 말인가! 지금 우리를 무시하는 것이 아니고서는 이럴 수는 없네!"

버럭.

소리를 내지르는 염만홍의 등 뒤로 우루루 흑봉파의 수뇌들이 몸을 일으켰다.

더는 기다릴 수가 없다.

불청객이 아니다.

정식으로 초대를 받고 온 몸이다.

"그게……."

노인은 흉흉하게 퍼져나가는 기운에 질려 입을 떼지 못했다. 작은 문파라고는 하나 한 문파를 등에 짊어지고 있는 수뇌들이다. 범인이 그러한 기운을 받아낼 수 있을 리가 만무하다.

"오래들 기다린 모양이군."

"주, 주인님!"

처소의 안쪽에서 홍안수가 천천히 걸어 나왔다. 그는 사방을 가득 메운 염만홍과 그 무리들의 기운 따위는 신경도 쓰지 않는 듯 보였다.

"늦었구려."

모습을 드러낸 홍안수에게 염만홍이 애써 분을 삭이며 말했다. 몸을 숙이고 그를 맞으러 온 것이 아니던가. 여기서 화를 내 일을 망칠 수는 없었다.

"오늘 연무는 일찍 끝난 편이다."

"흠……!"

매섭게 말을 뱉는 홍안수의 모습에 염만홍은 무어라 대답하지 못했다.

들은 것일까.

자신이 뱉은 말을 따라 담는 홍안수의 모습에 얼굴이 붉어졌다.

"우리를 초대하였다기에 찾아온 길이오. 무례하게 들렸을지는 모르나, 손님이 아니오. 초대를 하였다면 응당 먼저 나와 우리를 맞이해야 하는 것이 아니오."

"약속 시간에 늦은 것은 내가 아니다. 그대들은 약속한 시간보다 늦게 도착하였고, 그렇기에 나는 내 할 일을 했을 뿐이다."

"그건……."

"손님으로 내 집을 밟았으면 손님답게 행동하는 것이 우선인데, 그대들은 그것조차 하지 않았다. 여기 하 노인은 이 집의 집사. 내가 없을 땐 집의 얼굴이자 주인이다. 그런데 그대들은 그러한 하 노인을 존중해 주었는가?"

홍안수의 말은 자리한 흑봉파의 수뇌들의 귓가에 박혔다. 한 마디 한 마디에 강단이 묻어난다.

일태검이라 불리는 그의 검법처럼 그의 말은 숨김없이 솔직히 가슴을 파고들었다.

'게다가 이 위압감……'

염만홍과 수뇌들은 느낄 수 있었다.

자신들이 뿜은 서툰 기운과 달리, 홍안수의 기세는 바다와도 같이 어느새 몸으로 들어와 깊게 몸을 내리누르고 있었다.

"그가 당신의 대리인 것은 사실이나, 우리와 이야기를 나눌 상대는 그가 아닌 당신이 아니오? 앞으로의 문제를 놓고 이야기를 하는 데에, 그는 필요하지 않소."

"그럼 그에게 할 말을 전하고 돌아갔어야 한다. 오늘의 일을 그대들은 두고두고 후회할 것이다."

"그게 무슨 말이오?"

홍안수는 되묻는 염만홍을 바라보며 얇게 웃었다. 낙천을 닮은 웃음이 홍안수의 얼굴 가득 퍼졌다.

"내게 무슨 말을 들으려 하였는지는 모르나, 내가 들려줄 말은 하나다. 너희 흑봉파에 내가 적을 두는 일은 없을 거다. 오늘이 지나면 흑봉파라는 곳은 더는 없을 테니까."

"그 무슨 막말이냐! 흑봉파가 없다니! 네놈이 미친 게로구나!"

버럭!

염만홍의 등 뒤에 서 있던 철묵이 목에 핏대를 세워 말했다. 기껏해야 낭인인 주제에 오만방자함이 하늘을 찌른다.

철묵은 크게 발을 굴러 홍안수를 향해 달려 나갔다. 그와 동시에 꽉 움켜쥔 두 주먹이 쇠망치와 같이 홍안수의 머리를 향해 날았다.

"자신들의 처지도 모르는 놈들을 상대하고 싶지 않다. 가라. 돌아가 보면 알게 되겠지. 가서 네놈들의 얄팍했던 꾀를 한탄하며 울어라."

부웅!

일순간, 홍안수에게 달려든 철묵의 몸이 허공으로 붕 떠올랐다.

일지점(一指點).

눈에 보이지도, 움직임을 느끼지도 못했다.

염만홍은 바닥으로 처박힌 철묵의 목에 선명하게 찍힌 일지점을 바라보며 꿀꺽 마른침을 삼켰다.

상대가 안 된다.

검을 들어 무력으로 상대할 만한 이가 아니라는 것을 염만홍은 정확히 느끼고 있었다.

"돌아간다. 서둘러라."

"아……. 예!"
쓰러진 철묵을 들쳐업은 염만홍 일행의 걸음이 바빠졌다.
터무니없을 정도로 강한 고수.
염만홍은 그제야 자신이 어떠한 실수를 저질렀는지 깨달을 수 있었다.

* * *

콰앙!
문을 박차고 들어선 수뇌들의 눈이 커졌다. 지키는 이 하나 없이 조용한 모습에 가슴이 요동치고 있었다.
"이제 오셨습니까."
텅 빈 광장 사이로 하나둘 사람이 모여 들었다.
낯선 사람, 낯선 얼굴들.
염만홍은 웃으며 걸어 나오는 사내의 모습에 버럭 소리를 내질렀다.
"네……네놈이……!"
빠득!
악문 어금니가 갈려나가는 소리가 귓가를 울렸다.
호혈관.
낙천을 필두로 흑봉파 내에 모여든 얼굴은 모두 호혈관 사람들이었다.

"네놈들이 감히……!"

붉게 충혈된 염만홍의 눈이 낙천과 관원들을 향했다.

멀리 타오르는 불빛 너머로 시커멓게 엉겨 앉은 흑봉파 사람들이 보였다.

"허!"

안력을 돋워 어둠을 꿰뚫어 본 누군가가 헛웃음을 터트렸다.

흑봉파가 자랑하는 관원들과 무사들이 굴비처럼 엮여 묶여 있었다.

"문주님, 상황이……."

염만홍의 등 뒤에 선 사내 하나가 입을 열었다. 현 상황은 누가 말해주지 않아도 자명한 일이었다.

홍안수의 말에 낚여 흑봉파를 비운 사이 뒤통수를 맞은 것이다.

"이러고도 무사할 줄 아는가!"

"무사하지 않을 건 또 뭐요. 우리 사이라는 것이 원래 이런 것 아니었나?"

염만홍의 말에 낙천이 어깨를 으쓱이며 답했다.

"주인이 집을 비운 사이에 이 난리를 피우고도 그대들이 무인이라 말할 수 있는가! 전쟁을 하려거든 당당하게 했어야지! 이러고도 하북 마천루의 사파 동도들에게 인정을 받을 수 있을 것 같은가!"

쩌렁!

내기를 실어 날리는 염만홍의 목소리가 흑봉파 가득 울려 퍼졌다. 붉게 충혈된 눈과 바르르 떨리는 몸 위로 흘러넘친 분노가 담장 앞으로 자라난 나무들의 잎사귀를 뒤흔들 지경이었다.

"당당? 동도?"

낙천은 목청을 높이는 염만홍의 말을 곱씹으며 입에 단 웃음을 지웠다.

"무언가 착각하는 모양인데, 당당하지 않았다고? 천만에. 우리는 당당했어. 정문을 넘어 들어왔고, 비열한 암수 없이 싸웠어. 그게 당당하지 않은 일인가?"

"다, 당연한 말을! 네놈들이 정면 대결을 할 수 없으니 뒤로 일을 꾸민 것이 아니냐! 우리가 없는 틈을 타 파를……."

"그럼 묻겠는데 애초에 왜 파를 비운 거야? 왜 모두가 파를 비웠지?"

"그건……."

염만홍은 낙천의 물음에 무어라 답하지 못했다.

이것이었던가.

염만홍은 그제야 홍안수의 말이 무슨 뜻이었는지 알 수 있었다.

죄는 이쪽에 있다.

명분과 칼자루 모두 낙천이 쥐고 있었다.

"타 문파의 대사범을 고작 돈으로 낚으려 해? 전쟁을 원한 것이 아니라면 있을 수 없는 일이지. 그래서 원대로 전쟁을 치러 줬어. 그런데 그게 불만이야?"

"우, 우리는……!"

"왜? 뚫린 입이라고 할 말은 있는 모양이지? 변명할 게 있다면 마음껏 해. 어디다 떠든다 한들 명예를 되찾을 수 있는 일은 없을 테니까. 게다가 당당? 사파 동도? 푸하하하!"

발끈해 소리치려는 흑봉파 수뇌들의 모습에 낙천이 대소했다.

"난 참 이해가 안 돼. 사파잖아. 사파. 당당? 그보다 웃기는 말이 어디 있어? 여기가 정파야? 당신들 도를 이야기해? 아니잖아. 정당하게 일하는 것도 아니고, 그렇다고 도와 정을 수호하는 것도 아니면서 무슨 그런 말을 입에 담아? 어디 가서 이야기하면 그들이 우리를 욕할 것 같아? 멍청하긴! 동도, 동도 하면서 그들을 이해하지 못하는 건 너희들이야. 어디 가서 말해보라고. 비웃음만 살 테니까. 멍청한 놈들이라고 말이야."

사박 사박.

낙천은 굳어 있는 이들을 향해 사뿐히 걸음을 옮겼다. 굴비처럼 줄줄이 묶인 관원들은 물론 수뇌들도 누구 하나 입을 열지 못했다.

할 말이 없는 것이 아니다.

억울함이 가슴에 쌓여 넘칠 만큼 많고, 입 안의 침이 다 마르도록 뱉어도 모자랄 정도였지만 누구도 입을 열지 못했다.
 상황이 좋지 않다.
 명분도 실리도 없는 일에 매달려 결국 모든 것을 잃어버린 판국이다.
 '문주!'
 한 서린 관원들의 시선이 염만홍과 수뇌들을 향했다. 쏟아지는 낙천의 말과 머리가 잘린 뱀처럼 호혈관원들에게 타작을 당하고 묶인 이유를 그들은 누구보다 잘 알고 있었다.
 "원하는 게 무엇인가?"
 염만홍이 침통한 표정으로 물었다. 쏟아내려 했던 분노의 말과 변명들은 이미 낙천에 의해 잘려나갔다.
 검.
 염만홍은 낙천의 입에서 검이 쏟아져 나오고 있다 느꼈다.
 "원하는 것은 잘 알고 있을 텐데. 하북에서 떠나."
 "뭐, 뭐라고?"
 낙천의 말에 염만홍의 뒤로 선 수뇌들이 당황해 소리쳤다.
 고작해야 푼돈 조금 깨질 것을 생각했더니 하북에서 떠나라니.
 있을 수 없는 일이다.
 "내일 아침이 되면 오늘의 일은 각지로 퍼져 나갈 거야. 어차피 이곳에서 더는 자리를 잡지 못해. 떠나. 봉문 같은 시답잖은 일을 벌이고 수 년 후에 다시 세를 펼 수 있을 만큼 뼈대 있는 문파도 아니잖아?"

"이놈이……! 뚫린 입이라고 함부로 지껄이는 것이 아니다!"

이죽거리는 낙천의 모습에 염만홍의 등 뒤에 선 사내 하나가 외치고 나섰다.

대곤.

흑봉파의 일사범을 맡고 있는 자였다.

"뚫린 입이라고 아무 말이나 내뱉은 게 누구들이더라?"

"뭣이?"

피식.

웃음 섞인 도발에 대곤이 참지 못하고 몸을 날리려는 찰나, 염만홍이 그를 막아섰다.

"칼자루를 쥔 것은 그다. 경거망동하지 마라."

"하지만……."

대곤은 자신을 막아서는 염만홍의 눈빛에 뭐라 더는 말하지 못했다. 붉게 충혈된 그의 눈빛에서 현재 가장 속이 타고 화가 나는 이가 누구인지 읽은 것이다.

"그래서 그냥 떠나라는 건가? 죽으면 죽었지 그렇게는 못하겠네. 내 목숨을 원하는 것이라면 주겠네. 하지만 이곳을 떠날 수는 없네."

싱긋.

낙천은 기운을 돋우며 말하는 염만홍의 말에 웃었다.

"여기 있는 모두를 죽이면 됩니까?"

"뭐?"

"여기 있는 모두를 죽이면 되냐 물었습니다. 저는 오늘 흑봉파를 하북 땅에서 지워버릴 요량으로 왔습니다. 그쪽에서 저지른 무례는 한 마디 사과로 끝낼 수 있는 것이 아니지요. 본보기를 보이지 않고 약한 모습을 보인다면 들개에게도 물려 죽는 게 무림. 저 역시 물러설 수 없습니다. 1단과 2단은 철검을 착하라!"

"명!"

낙천의 말에 조용히 상황을 주시하고 있던 호혈관원들이 허리춤의 창날을 꺼내어 장창에 끼웠다.

부르르르.

창날이 뿜어내는 차가운 예기에 한순간 흑봉파 위로 서리가 내려앉은 듯 한기가 돌았다.

"꿀꺽."

누군가 마른침을 삼키는 소리가 요란하게 울렸다.

일촉즉발의 상황.

팽팽하게 부풀어 오른 기운에 자리한 모두의 가슴이 쿵쾅쿵쾅 요동치기 시작했다.

"진정 이렇게 해야겠는가."

"말했다시피 저는 물러설 마음이 없습니다. 그런 무른 마음으로 관원들을 사지로 내몰 만큼 허투루 일을 처리하는 멍청

이가 아닙니다. 오늘 저는 모두에게 말했듯 흑봉파를 지워버릴 겁니다."

"모두를 죽여서라도?"

"물론입니다."

"그렇다면 어쩔 수 없지."

단호한 낙천의 모습에 염만홍이 기운을 끌어모았다.

진퇴양난의 상황.

낙천은 엉거주춤 선 수뇌들을 쳐다보며 피식 웃었다.

"무, 문주. 이것은 자살행위외다."

엉거주춤 서 있던 수뇌 하나가 질겁하며 말했다.

그들은 문주인 염만홍과 다르다.

대를 이어 흑봉파를 지킨 것도, 흑봉파에 목숨보다 더한 자부심을 느끼고 있는 것도 아니다. 그들에게 있어 흑봉파는 그저 돈을 벌어다 주는, 자신의 삶을 윤택하게 만들어 주는 것일 뿐, 목숨보다 중한 것이 아니다.

"그래서 어쩌자는 말인가! 저들은 저리 목숨을 걸고 부딪쳐 오는데 발을 빼자고 말하고 싶은 것인가!"

"그, 그것은……."

"자네들은 흑봉파의 수뇌들이고 장로들이며 머리야! 그런 자네들이 지금 이런 나약한 모습을 보이면 어쩌자는 것인가."

"문주. 우리는……."

커다란 호통소리가 흑봉파에 가득 울렸다.

금방이라도 창검이 날아들 상황에 티격대는 이들을 바라보며 낙천은 터져 나오는 웃음을 참지 못했다.

"하하하! 고작해야 이런 것이었습니까? 다 죽일 것도 없겠군요. 흑봉파를 지우는 건 저들의 피도 필요 없겠습니다."

"뭣이?"

"일 대 일. 아니, 다 대 일이라도 상관 않겠습니다. 덤비십시오. 흑봉파를 등에 지고 목숨보다 중하다 생각하시는 분이 계시거든 덤비십시오. 상대해 드리지요."

"네놈이……! 보자보자 하니까 하늘 높은 줄을 모르는구나!"

차앙!

낙천의 말에 염만홍이 참지 못하고 검을 뽑아 들어 외쳤다. 애초에 장로이건 수뇌이건 간에 따질 필요도 없는 일이다.

내가 싸우는 것.

그것이 문주로서 문도들과 수뇌들에게 보일 수 있는 마지막 의기다.

"좋습니다. 그럼 이렇게 하지요. 염 문주님께서 저와 겨뤄 이긴다면 오늘의 일은 없던 것으로 하겠습니다. 아니, 호혈관의 이름을 걸지요. 깨끗이 물러서겠습니다. 하북 땅에서 발을 빼지요."

"뭣이? 네놈이 장문인 자리에 오르더니 오만방자해졌구나! 기세가 붙으니 이제 눈에 뵈는 게 없는 모양이지? 지금까지의 호혈관의 명성을 네가 다 만든 것인양 착각하지 마라!"

"이것이 제가 베푸는 최대한의 예우인 것을 모르겠습니까? 끝까지 싸우려는 그 마음에 대한 예우 말입니다."

"이놈이……."

낙천을 쏘아보는 염만홍의 눈빛이 매섭게 타올랐다. 이제 막 장문인 자리에 앉은, 그것도 옳지 않은 수로 차지한 애송이 주제에 겁이 없다. 낭인왕을 얻어 등에 날개를 달았다 한들, 그것이 자신의 무력이 되는 것이 아니라는 걸 그는 잊은 듯 보였다.

"하북을 떠난다고? 나와 겨룬다고? 오냐 좋다! 덤벼라! 내가 지면 나 역시 네 말과 같이 하북을 떠나겠다."

"진작에 이렇게 할 것을 그랬습니다. 편히 가니 좋군요."

"네놈! 그 주둥이 닥치지 못할까!"

땅을 박차고 달려드는 염만홍의 검이 허공을 갈랐다.

쇄엑!

바람을 가르는 검세가 빠르게 변화하며 초식을 갖추어 나가기 시작했다. 고속의 찌르기를 필두로 사방으로 퍼져나가는 검미가 뱀의 혀처럼 예기를 날름거렸다.

염홍삼검.

타오르는 불길과 같이 빠르고 맹렬하게 돌진하는 염만홍의 검에 낙천의 얼굴에 웃음이 걸렸다.

우웅!

가볍게 손을 타고 오르는 검의 진동이 느껴졌다.

낙천은 흘낏 손에 쥔 검을 쳐다보고는 곧 자세를 다잡았다.

따앙!

낙천은 슬쩍 검을 들어 찔러 들어오는 염만홍의 검을 비스듬히 받아쳤다.

카가각!

칼날이 이를 갈며 붉은 불똥을 피어 올렸다.

"어, 엇!"

염만홍은 뱀처럼 검신을 타고 내려오는 낙천의 검에 화들짝 놀라 몸을 튕겼다.

그저 검을 타고 오는 것이 아니다.

검세를 읽고 착검에 들어가려는 검 끝에 따라 붙었다.

주륵.

황급히 몸을 물린 염만홍의 발이 바닥에 끌리며 길게 선을 그었다.

"이 싸움은 생사투가 좋겠지요? 목숨보다 더 중한 것이 아닙니까."

물러서 호흡을 고르는 염만홍을 향해 낙천이 웃으며 말했다.

"네 이놈! 내가 곧 죽는다 하여도 네놈의 피만은 보고 죽어야겠다!"

버럭!

소리를 내지르는 염만홍의 몸 위로 검붉은 기운이 넘실거렸다.

"흐, 흑봉(黑鳳)?"

싸움을 지켜보고 있던 흑봉파 문도들의 입에서 놀란 목소리가 터져 나왔다.

검붉게 타오르는 기운.

그것은 흑봉파의 기틀을 잡은 심법이자, 흑봉파 고유의 무결이었다.

"흑봉이라……."

낙천은 너울거리는 염만홍의 기운을 쳐다보며 검을 고쳐 잡았다.

그래도 한 문파의 문주.

그 자리를 허투루 따냈을 리는 없다.

"타합!"

기합소리와 함께 기운을 가다듬은 염만홍의 검이 재차 하늘을 날았다. 이전보다 날카로워진 고속의 찌르기가 빛살처럼 하늘을 갈랐다.

파악!

낙천은 빠르게 쏘아져 나오는 염만홍의 검에 재빠르게 다리를 놀렸다.

똑같아 보이지만 다르다.

염만홍의 검은 이전과 달리 내력이 가득 들어차 금방이라도 폭발할 듯 울음을 토해내고 있었다.
"역시 문주님이다!"
"문주님 만세!"
"와아!"
 피하기에 급급한 낙천의 모습에 조용히 숨죽이고 있던 흑봉파 사람들이 소리를 내질렀다. 한 번의 반격도 펼치지 못하는 낙천의 모습에 기가 살았다.
"……위험한데……."
 환호하는 관원들과 반대로 수뇌들의 얼굴은 하나같이 어두워져만 갔다. 낙천은 염만홍의 검에 밀리고 있는 것이 아니다. 그는 혼신을 다한 염만홍의 공격을 오히려 여유롭게 피하고 있었다.
 '검세를 모두 읽은 것이다!'
 수뇌들은 점점 더 낙천과 멀어져가는 염만홍의 검에 탄식했다.
 승부는 이미 갈렸다.
 턱까지 차오른 염만홍의 숨소리가 들릴 지경이다.
"저 정도였는가."
 싸움을 지켜보던 흑봉파 수뇌들의 얼굴에 절망이 어렸다.
 애송이라 생각했다.
 고작해야 대사형의 빈자리를 꿰찬 별 볼일 없는 이라 생각했다. 헌데, 그것이 아니다. 고양이가 쥐를 가지고 놀 듯, 낙천은 염만홍을 손에 쥐고 흔들고 있었다.
"네놈은……."
염만홍은 낙천의 입가에 달린 얇은 미소에 바르르르 몸을 떨었다.
평생 검을 잡고 살아왔다.
뒤지지 않기 위해, 남보다 강해지기 위해 가진 모든 것을 걸고 매달려 왔다.
헌데, 이것이 무엇인가.
한평생 자신의 적수라고는 생각지도 않은 호혈관의 애송이 장문인에게 농락을 당하고 있다.
염만홍의 붉어진 눈이 왈칵 눈물을 쏟아낼 것 같았다.
슬픔이 아니다.
분함이다.
한 수를, 일 합조차 부딪쳐 볼 수 없는 실력이 분하고 원통해 눈물이 흐를 지경이다.
"그래도 문주로서의 자존심은 지키고 갈 수 있는 것 아닙니까. 원망은 하지 마시오. 처음부터 그랬던 거니까."
스각!
물러서기만 하던 낙천의 검이 한순간 흐릿해졌다. 염만홍은 그 순간 바람도 숨소리도 멈춰 세상이 끝없는 적막 속에 휩싸였다 생각했다.
"아……."

누군가의 입에서 장탄식이 흘러나왔다.
푸확!
염만홍의 목으로부터 치솟아 오르는 핏물이 사방으로 튀었다.
붉은색.
낙천은 튀어 오르는 핏물을 바라보며 훌쩍 몸을 날렸다. 이 자리에 있는 누구도 낙천의 검을 보지 못했다. 어떻게 벤 것인지, 어떻게 한 것인지 모른 채 그저 핏물을 쏟으며 쓰러져가는 염만홍을 지켜보고 있을 뿐이었다.
"문주!"
싸움을 지켜보고 있던 흑봉파의 수뇌들이 쏜살같이 달려 나갔다. 염만홍의 몸은 이미 줄이 끊어진 연처럼 힘없이 바닥으로 쓰러져 내리고 있었다.
"이겼다."
"이……겼다."
"이겼다!"
가만히 자리를 지키고 있던 호혈관원들의 입에서 커다란 탄성이 터져 나왔다.
이겼다.
염만홍을, 흑봉파의 문주를 단칼에 베어버렸다.
"이놈들!"
쓰러진 염만홍의 모습에 철묵이 피눈물을 쏟으며 소리쳤다.

죽었다.

흑봉파의 문주 염만홍이 생사투에 사그라졌다.

"약속대로 흑봉파는 하북에서 떠나주시오. 더는 따지지 않으리다. 생사투는 생사투. 승부는 승부. 마지막까지 흑봉파를 지키려던 고인의 뜻을 저버리지 말았으면 하는 바람이오."

"네놈……. 네놈이!"

천천히 다가와 말하는 낙천을 향해 철묵이 분을 참지 못하고 몸을 튕겼다.

"그만둬라."

"염 사범님!"

"문주의 말을 잊었느냐! 우리가 졌다. 패자는 고인의 뜻을 따라야 할 의무가 있는 것이다."

"크윽! 크흐흑!"

길을 막아서는 장로 염홍천의 말에 철묵이 피처럼 붉은 눈물을 뿌렸다.

"약속대로 하북 땅을 떠나겠네. 다만, 장례를 치루고 가솔과 세를 정리할 정도의 시간은 주었으면 좋겠네."

"시간이라……. 그리하지요. 다만 현판은 떼어 주셨으면 좋겠습니다. 하북의 흑봉파는 더는 없는 것이니까요."

"알겠네. 그리하지……."

낙천은 쓸쓸히 고개를 돌리는 염홍천을 바라보며 휙 손을 들어 외쳤다.

"돌아간다."

"명!"

흑봉파의 문도들을 억류하고 있던 단원들이 낙천의 말에 빠르게 물러섰다.

흑봉파의 몰락.

아직 하늘에 별조차 뜨지 않은 이른 밤의 일이었다.

제8장
호랑이의 포효

"잘 마무리가 되어 다행입니다."

호혈관에 모여 앉은 수뇌들이 고개를 조아려 말했다.

모두가 만류한 일을 해냈다.

홀로 단을 이끌고 나가 모든 일을 깔끔히 마무리짓고 돌아왔다.

"단을 잘 조련해 주신 사범님들과 장로님들 덕분이지요."

싱긋.

수뇌들은 웃으며 말하는 낙천의 모습에 뒷머리를 긁적였다.

뒷짐을 지고 물러서 있던 일에 칭찬을 받았다.
 힘든 일이었다.
 안 될 일이었다.
 그랬기에 모두가 입을 맞추어 말했다.
 안 된다.
 그래도 진행을 할 것이라면 모두와 함께 전면전을 치르자 말했다. 다시 작전을 잘 짜고 이야기를 나누자고 했다. 하지만 낙천은 그 모든 말을 일언지하에 거절했다.

　"힘을 보여 줄 때는 보여 줘야 하는 것입니다. 수뇌가 없는 관원들로 이뤄진 2개의 단으로 적을 때려 부순다면 누구도 호혈관의 힘을 얕보지 못할 겁니다. 그러니 그냥 지켜봐 주십시오."

그가 떠나기 전에 했던 말을 수뇌들은 말없이 곱씹었다.
 실실 웃음만 흘리던 그가 아니다.
 단호하고 결단력이 있다.
 장문인으로서의 위엄이 슬슬 묻어나기 시작하는 것인지도 모른다.
 "그럼 흑봉파의 관할 하에 있던 상점들과 기루들은 어찌 되는 겁니까?"
 "가만히 앉아 있어도 찾아올 겁니다. 흑봉파가 무너진 이상 기댈 곳이 없을 테니까요."

"혹, 다른 이들이 끼어들지는 않을까요?"

"그런 일은 없을 겁니다. 현재 하북에 머물러 있는 사파 조직들은 모두가 비슷한 처지에 있는 이들입니다. 남의 것을 노릴 만큼 간 큰 이들은 없지요."

"흠......"

낙천은 고개를 끄덕이는 수뇌들을 바라보며 말했다.

"지금 중요한 것은 흑봉파의 일이 아닙니다. 그것은 이미 지난 일이 되었습니다. 이제 남은 것은 내일에 대한 이야기입니다."

"내일이라....... 장문인께서는 어떻게 생각하고 계십니까. 현 하북의 정세는 혼란이라는 한마디로 표현할 수 있을 겁니다. 하북팽가가 무너진 지금, 하북은 난세 외의 다른 말로는 표현하기 힘든 지역이 되었습니다."

"난세는 영웅을 만들고 영웅은 난세에 나는 법. 지금이야말로 호혈관의 깃대를 높이 들고 천하 무림을 향해 나아갈 때라 저는 생각합니다."

"천하 무림?"

호기 어린 낙천의 말에 나이 지긋한 이들의 눈이 번쩍 떠졌다.

타 문파의 눈치를 살피며 동도이건 반도이건 상관없이 눈알만 굴리고 살아왔다. 호혈이라는 이름을 달고, 승냥이같이 살았다.

실력이 없었다.

가진 힘이 없었다.

언제나 변명을 포도알처럼 주렁주렁 달고 살았다. 그렇게 자기위안을 해 왔다. 헌데, 평생을 달고 살았던 그것이 지금 이 순간 깨지려 하고 있다.

"대체……. 대체 어떤 방식으로 세상에 나아간다는 말입니까?"

문원소가 목 메인 목소리로 물었다. 오늘 흑봉파를 무너트렸다는 소식에 가장 기뻐하던 이가 바로 그였다.

이래 저래 쌓인 감정이 많았지만, 문원소는 낙천을 높이 치고 있었다. 당한 만큼, 겪은 만큼 그는 누구보다 낙천을 잘 알았다.

'적으로 두기 싫을 만큼 무섭다. 그렇기에 믿을 만하다. 그라면 걸어 볼 만하다!'

어느 순간부터 문원소는 그러한 생각을 머리 한구석에 넣어 두고 있었다.

"사부님의 생전과 다르게 지금은 너무도 많은 것이 변했습니다. 첫째로 앞서 말씀드렸듯, 하북을 짓누르고 있던 팽가가 사라졌고, 둘째로 무림맹이 와해되었지요. 마지막으로 마천루의 침묵……."

순식간에 조용해진 회의실을 둘러보며 낙천은 길게 숨을 들이마셨다.

그는 능숙한 화술로 회의실에 있는 모든 이들의 마음을 손바닥 위에 놓고 움직이고 있었다.

"그 모든 것이 복합적으로 뒤섞인 지금은 호랑이가 포효를 하며 달려나갈 최고의 때라 이 말입니다. 어깨를 짓누르는 이도, 눈치를 살펴야 할 적도 없습니다. 그런 때에 우리는 어떻게 해야 할까요?"

낙천의 물음에 누구도 대답하지 못했다.

할 말이 없어서?

아니다.

오히려 할 말이 너무나 많고, 생각할 것이 많아 누구도 말을 뱉지 못했다.

톡. 톡.

낙천은 탁자를 두드리며 나올 말들을 기다렸다. 아니, 생각으로 가득 찬 그들을 압박하고 있었다.

탁자를 두드리는 소리가 슬그머니 그들의 귓가로 스며들어 나오지 않는 대답을 강요했다.

버벅 버벅.

정리되지 않는 머리가 비명을 토해냈다.

입을 연다.

입을 열어야 한다!

낙천은 초조함에 몸을 떠는 이들을 쳐다보며 닫은 입을 열었다.

"많은 생각들을 갖고 계시겠지만 저는 그리 생각합니다. 호혈관의 내실을 다지는 일과 걸어 닫았던 호혈관의 문을 여는 것이 먼저라고 말입니다."

"아……!"

각자의 생각에 빠져 있던 이들의 입에서 탄성이 터져 나왔다.

그래, 그거다!

자리한 이들은 사방이 막힌 동굴 속에서 단 하나의 출구를 발견한 듯 낙천의 말에 반색했다.

"맞습니다. 저도 그리 생각합니다. 먼저 오늘 큰 활약을 보인 두 개의 단을 더욱더 강하게 조련시키면서, 굳게 걸어 닫은……"

불쑥.

먼저 입을 열었던 안수평이 한순간 모인 이들의 눈빛에 놀라 말끝을 흐렸다.

무슨 말을 하려 했더라?

안수평은 맞장구쳤던 낙천의 말을 떠올리며 머리를 굴렸다. 앞의 말은 금방 이해해 맞장구를 칠 수 있었지만 뒤의 말은 선뜻 이해하기 어려웠다.

"관원을 새로 받겠다는 이야기인 게지요?"

안수평을 대신해 장원백이 말했다.

"예. 그 말입니다. 앞으로 거둬들이는 보호비가 늘어난 만큼 사람 쓸 일이 많아질 것입니다. 기존의 단원들만으로는 부족하겠지요."

"허나, 지금은 흑봉파가 무너진 직후입니다. 새로운 단원을 받는다면 독을 품은 뱀이 스며들지도 모르는 일이지요. 아무런 대책 없이 문을 열기에는 때가 그리 좋지 않다는 생각이 듭니다."

장원백은 흥분해 떠들어대는 젊은 세대들과 달리 차분하게 자신의 생각을 늘어놓았다.

그는 낙천의 말에 휘둘리지 않을 만큼의 연륜과 깊이를 가진 장로다.

"그것뿐이 아니지요. 관원을 키운다는 것은 세가 커진다는 말. 지금의 호혈관의 크기로는 새로 유입되는 관원들을 관리하기 힘들 것입니다."

문원소가 나서 장원백의 말을 거들었다.

한때는 서로 척을 지고 얼굴을 맞대고는 못 살 만큼 앙숙이던 그들이었으나, 이박명이 사라지고 나자 깊었던 감정의 골은 서서히 메워지고 있었다.

"그런 문제에 대해서는 미처 생각하지 못했습니다. 그러면 오늘 회의는 그에 관한 문제를 이야기하는 것이 어떻겠습니까? 회의란 것이 본래 이 같은 일들을 의논하는 자리이니 말입니다."

빙긋.

낙천이 장원백과 문원소의 말에 웃으며 답했다. 회의의 화제는 그렇게 새로운 관원을 받는 문제로 자연스럽게 흘러 넘어갔다.

"일반인을 상대로만 관원을 받는 것은 어떻습니까?"

"일반인?"

"예. 무공을 익히지 않은 자들만 받아 새롭게 가르치는 것입니다. 무공을 모르니, 타 문파 사람들이 섞여 들어오는 일은 없을 듯한데요."

"에이, 그것은 말도 안 되는 일이네. 다른 문파들의 종복들이 섞여 들어온다면 어찌겠는가. 간자들을 보내고 싶어하는 이들이 한둘이 아닐 걸세."

한 사범의 말에 장로가 손사래치며 말했다.

"흠……. 그렇다면 신분을 확실히 할 수 있도록 신분에 대한 보증 절차를 만드는 것은 어떻습니까?"

"신분에 대한 보증 절차?"

조금 전 혈기에 나섰다가 혼쭐이 났던 안수평이 나지막이 말했다.

이번에는 이전과 달리 깊게 생각하고 정리한 터라, 긴장해 말을 더듬거나 말끝을 흐리지 않았다.

"예. 신분에 대한 보증이 있다면 이러한 문제는 금방 해결되는 것이 아닙니까."

"그럼 그 신분에 대한 보증을 어떤 수로 한다는 말인가. '나

이런 문파에 있었소' 하고 얼굴에 도장을 찍고 다니는 이들은 몇 되지 않아. 게다가 우리가 그러한 이들의 얼굴과 신분을 모두 알 수 있을 리가 없지 않는가."

안수평의 말에 문원소가 나서 반박했다.

"신분에 대한 확인을 반드시 저희가 해야 할 필요는 없지요. 그러한 일에 꼭 맞는 이들이 있지 않습니까?"

"그게 무슨 말인가? 꼭 맞는 이들이라니."

씩.

안수평은 고개를 갸웃거리며 묻는 문원소의 모습에 작게 웃었다.

"현재 호혈관의 재정상황은 그 어느 때보다 호황입니다. 도시의 제일 기루에서 거둬들이는 수익이 기존 상권들에서 벌어들이는 수익보다 크기 때문이지요."

"그게 어쨌다는 것인가? 그것이 이번 일과 무슨 관련이 있다고……."

"있습니다."

단호히 말을 마치는 안수평의 눈이 빛났다.

"어차피 돈이 남는다면 지금은 쌓아 두기보다는 앞으로 우리 관을 위해 아낌없이 써야 한다고 생각합니다."

안수평은 마른침을 삼키며 말을 이었다.

"앞서 문 장로님께서 말씀하셨다시피, 현 호혈관의 인원으로는 새로이 받아들이는 이들의 신분을 모두 파악하기에는 어려움이 많습니다. 그렇다면 남은 돈으로 다른 이들을 부리면 되지 않겠습니까?"

문원소가 되물었다.

"다른 이들?"

"예. 신원 파악에 있어 둘째가라면 서러워할 이들이자, 돈이면 무엇이든 하는 하오문이 있지 않습니까."

"아!"

웃으며 전하는 안수평의 말에 모두의 입에서 감탄이 터져 나왔다.

그의 말대로다.

하오문.

그들의 손을 빌린다면 새로 뽑을 관원들 속에 섞여 들어올 간자를 가려내는 것쯤은 일도 아니다.

"장문인께서는 어찌 생각하십니까?"

안수평이 여세를 몰아 낙천에게 물었다.

"조금은 더 논의가 되어야 하지 않을까 싶습니다. 구체적으로 얼마의 비용이 어떻게 들어갈 것인지 말씀해 주실 수 있겠습니까?"

"그건……."

"문파의 돈이 들어간다는 것은 그만큼 확실한 수치가 필요합니다. 현재 얼마의 금액이 들어오고 있습니까?"

"자, 자세한 것은 장부를 봐야……."

"얼추 비슷한 값이면 됩니다. 지금 이 자리에서 세밀하게 방안을 짜자는 것이 아닙니다. 큰 토대를 세우는 일이니까 말입니다."

"그게……."

낙천의 말에 안수평이 다시금 말끝을 흐렸다.

총관의 자리에 올라 재정을 관리한 시간이 얼마던가.

밤낮을 가리지 않고 따라다니던 숫자들이 다시금 머릿속 가득 피어올랐다.

"새로이 유입되는 자금은…… 현재로 은전 사백 냥가량입니다. 향후 흑봉파를 상대로 거래를 텄던 상권들을 끌어들인다며 저 두 배, 아니 세 배는 더 늘 것이라 생각합니다."

"사백 냥이라……."

낙천은 이마 위로 흐르는 땀을 닦아내는 안수평의 모습에 톡톡 탁자를 두드렸다.

"흠흠……!"

자리한 수뇌들은 오가는 돈 이야기에 뒷머리를 긁적였다. 평생을 무공 하나만 보고 살아왔다. 덕분에 셈과 숫자에 무지하여 예산에 대해 논할 줄을 모른다.

귀가 먹고 말을 잃은 아자(啞子; 벙어리)처럼 그렇게 수뇌들은 낙천의 입이 떨어지기만을 기다리고 있었다.

"그중 얼마의 돈이 사용되리라 생각하십니까."

"그게……. 정확하게 말씀드릴 수 없습니다. 그러나 하오문에 의뢰를 맡긴다면 한 명당 은전 두 닢은 들지 않을까 싶습니다만……."

"두 닢이라……."

낙천의 이마 위로 깊은 골이 패였다. 그리고 안수평에게 되물었다.

"그만한 돈을 내고 관원의 조사를 할 만한 가치가 있다 생각하십니까?"

"간자가 섞일지 모를 시국에 새로운 관원을 받는 것이니 돈이 든다 할지라도 그만한 가치가 충분하다 생각합니다."

또박 또박.

안수평은 확신을 담아 자신의 뜻을 전했다. 적지 않은 금액이다. 하지만, 그만한 가치가 충분하다.

간자를 미연에 방지해 신분이 확실한 관원들을 받을 수 있다면 결코 비싼 값이 아니다.

"다른 분들의 생각은 어떠십니까."

"금전적인 문제에 대해서는 잘 모릅니다만 나는 총관의 말에는 찬성합니다. 장문인."

"아!"

낙천의 물음에 뜻밖의 자리에서 찬성의 말이 튀어나왔다. 안수평의 스승인 장원백이 아닌, 문원소가 손을 들어 찬성을 표했다.

"어째서 그리 생각하시는 것입니까?"

낙천의 물음에 문원소가 대답했다.

"이것저것 따질 일이 아니라는 생각이 들었을 뿐입니다. 지금 우리에게 필요한 것은 인재이지, 돈이 아닙니다. 새로운 관원을 받아들이는 일은 호혈관이 커지기 위해서는 응당 필요한 일입니다. 이 불안한 시국 속에서 그러한 일을 진행한다면 간자들이 섞일지 모릅니다. 그렇기에 신분을 철저히 조사해야 합니다."

"문 장로님······."

안수평은 자신의 말에 찬성을 표하는 문원소의 모습에 뭐라 말을 잇지 못했다.

그가 이리 나올 것이라고는 생각하지 못했다.

아직도 그의 가슴 한구석에는 문원소에 대한 편견이 가득 쌓여 있었기 때문이다.

"다른 의견은 없습니까?"

"다, 다른 의견은 아닙니다만······. 궁금한 것이 하나 있습니다."

"무엇입니까? 말해 보십시오."

낙천의 말에 삼사범의 자리에 앉아 있는 곽원이 입을 열었다. 처음 회의 자리에 끼어 입을 여는 것이기에, 그의 얼굴은 긴장으로 굳어 있었다.

"다름이 아니라······, 새로 들어오는 관원들은······ 어디까지가 되는 것입니까?"

"음? 어디까지냐니 그게 무슨 말입니까?"

"아……. 그러니까 그게……."

곽원은 낙천의 눈빛을 이기지 못하고 푹 고개를 숙이고 말했다.

"관원들만인 것입니까? 아니면 대사범님처럼…… 다른 고수들도 포함이 되는 것입니까? 신분에 대한 보장이…… 하오문에 의해 이뤄진다면 무공을 모르는 이들만 받을 필요가 없어지지 않습니까?"

"아!"

곽원의 말에 수뇌들의 눈이 커졌다. 생각해 보니 그러하다. 그의 말대로다. 꼭 처음부터 시작하는 이들을 들일 필요는 없다.

신원만 확실히 보장된다면 기존의 고수를 받아들이는 것이 훨씬 빠르게 세를 확장할 수 있는 길이다.

"흐음. 기존 고수들이라……."

곽원의 말을 들은 낙천의 입가에 얇은 미소가 걸렸다. 곽원의 말은 잔잔한 호수 위에 던진 돌멩이와 같이 자리에 모인 수뇌들의 얼굴에 파문을 일으켰다.

긍정적으로 생각하여 고개를 끄덕이는 이가 있는 반면, 혹여 자신의 자리를 잃지는 않을까 불안한 마음에 눈치를 살피는 이들도 있었다.

"그에 대한 것은 차후 생각해 보도록 하지요. 허나 한 가지,

호혈관이 먼저 나서 누군가를 초빙해 오는 일은 없을 것입니다."

"그, 그렇다는 것은……."

"예. 다른 이들과 같이 관원 모집에 응해 절차를 따라 찾아온다면 막는 일 또한 없을 것입니다."

딱 잘라 말하는 낙천의 말에 수뇌들의 얼굴에 호불호가 갈렸다.

각각이 가진 감정들이 저마다 깊어졌다. 좋건 싫건 간에 깊어지는 생각들에 자리한 이들의 이마 위로 내 천(川) 자가 그려졌다.

"다른 의견이나 궁금한 것은 더 없는 것입니까? 그럼 새로이 관원을 뽑는 것에 대한 일은 총관의 말에 따라 행해도 좋겠습니까?"

"예. 찬성합니다."

"그러니까……. 찬성…… 합니다."

하나둘.

입을 열어 찬성을 쏟아 놓았다.

다른 말을 하고 싶어하는 이들도 보였으나, 누구도 입을 열지 않았다. 대세가 기울었음을 느낀 것이다.

"그럼 세부적인 이야기는 차후 다시 나누도록 하고 오늘은 이만 마칠까요?"

"예. 그리하지요."

생긋 웃으며 말하는 낙천의 말에 수뇌들이 고개를 끄덕이며 답했다. 그렇게 갑작스러웠던 임시 회의가 마무리되어 가고 있었다.

*　　*　　*

"후아……."
연무장 구석.
삼삼오오 모여 앉은 관원들의 입에서 뜨거운 입김이 쏟아져 나왔다.
흑봉파를 끝장내고 온 저녁.
젊은 혈기로 들끓어오른 몸은 식을 줄을 몰랐다.
"오늘 정말…… 끝내줬지?"
연초를 태우던 관원이 밤하늘을 흘러가는 구름을 바라보며 말했다.
"끝내줬다 뿐이냐. 난 정말 꿈꾸는 것 같았다고. 내가 그러한 일을 할 수 있을 거라고는 지금껏 단 한 번도 생각한 적이 없었어."
"나도 마찬가지야. 나 참 어떻게…… 그 흑봉파가 그렇게나 쉽게……."
히죽.
오늘밤 일어났던 일을 이야기하는 관원들의 입가에 웃음이 걸렸다. 너무도 긴장되어 웃음 한 번 흘리지 못했던 그때에는 지금과 같이 마음 편히 웃을 수 있으리라고는 누구도 생각하지 못했다.

"우리, 이긴 거지?"

"그걸 말이라고 하냐. 이겼지. 이겼다구. 그냥……. 아무렇지도 않게 말이야."

누군가가 시작한 말에 관원들이 하나둘 꼬리를 달았다. 오늘의 일이었음에도 마치 오래된 옛 일처럼 아련한 기분이 들었다.

흑봉파.

손가락 깊숙이 박힌 가시처럼 빠지지 않을 거라 생각한 그들을 하북 땅에서 뽑아냈다. 아니, 전 중원에서 자취를 감추게 만든 것인지도 모른다.

"우리 앞으로 어떻게 되는 걸까?"

"글쎄. 모르지. 하지만 이전과 같이 일부러 어깨에 힘주고 두 눈에 핏대 세우고 다닐 일은 없을 것 같아."

"왜?"

"굳이 그러지 않아도 말야, 우리는 강하다는 걸 알았으니까. 확실히 이전처럼 삼류 무뢰배 수준은 아닌 것 같아."

"그런가?"

"응. 확실해. 우리는 분명히 전보다 훨씬 강해졌어."

확신을 담은 말에 관원들의 고개가 끄덕여졌다. 이전이라면 입에 담기도 창피했을 말이 어색하지 않다. 오히려 그것이 바른 것이라 느끼고 있다.

"대사범님 때문인가? 아니면 장문인? 우리 참 많이 변했다."

툭.

바닥에 엉덩이를 깔고 앉은 관원들은 잠시 생각에 잠겼다. 장문인이 바뀌고, 대사범이 들어오면서 호혈관은 변했다. 외적인 것뿐만 아니라 호혈관 안쪽 깊숙이 자리한 많은 것들이 순식간에 바뀌어갔다.

파벌과 단.

실력 외의 것에 좌지우지되던 일들이 깨끗하게 정리되었다. 하루하루 수련을 거듭하고, 호혈관을 위해 창을 쥐는 것이 즐거워졌다.

"사실 나는 너희와 이렇게 앉아 이야기를 나누게 될 거라고는 생각도 못했어."

"엉?"

"그냥 말이야. 우쭐했었는지도 모르지. '나는 너희와 달라' 뭐 그런 생각을 하던 때가 있었어. 2단이었던 우철이 자네한테 깨지고 1단이었던 내가 2단으로 내려앉기 전까지는 말이야."

"하하하하! 그랬었냐?"

"응, 뭐 그랬지. 숫자가 다르니까. 나는 더 잘났다 그런 생각이 들기도 했어. 강한 것은 내가 아니라 우리 단에 있던 몇몇의 이들이었는데."

입가에 달린 잔잔한 미소에 우철이라 불린 사내의 얼굴이 머쓱해졌다. 한때는 그가 몹시도 미웠던 때가 있었다.

어깨에 갖은 힘을 다 주고 거들먹거리며 자신을 발아래 둔 것처럼 오만하게 굴던 그때.

우철 역시 오늘과 같은 날이 올 것이라고는 생각하지 못했다. 2단으로, 그들의 발아래 머문 이들로 관원 생활을 마무리할 것이라 생각했다.

"최근에 2단으로 내려오고 자네에게 깨져 팔목이 부러졌었지만 말이야. 난 호혈관에 온 것을 잘했다고 생각해."

"나 역시 마찬가지야. 이전에는 그런 생각은 들지 않았는데 말이야. 그냥 들어왔으니까. 여지껏 보낸 시간이 억울해서라도 참고 견딘다는 생각을 하고 있었는데, 이제는 아니야. 잘 들어왔다고 진정으로 느끼고 있어. 정말 호혈관에 들어오길 잘했구나 하는 마음이 들어."

둘의 말에 주위에 자리 잡은 관원들의 얼굴에 조용한 웃음이 걸렸다. 연무장에는 그 둘과 같은 마음을 한 이들이 한둘이 아니었다.

그동안의 대련 훈련과 홍안수의 지도 아래 익힌 군진은 모두를 하나로 아우르는 커다란 유대감을 만들어냈다.

"그나저나 오늘 굉장했지?"

"응? 또 뭐가?"

"장문인 말이야. 이래저래 말이 많긴 했지만, 직접 나선 것을 본 것은 오늘이 처음이었잖아."

"아……!"

사내의 말에 자리한 이들이 고개를 끄덕이며 동의했다.

굉장했다.

문(文)이 모자라 고작 그 한 마디로 표현할 수밖에 없었지만 낙천의 모습은 그들의 머릿속에 깊은 인상을 남겼다.

"쾌 속에 쾌가 있더라고. 옹이구멍같이 작고 개똥 같은 눈이지만 그래도 보이더라. 나는 그렇게 작은 움직임으로 그토록 쾌속하게 움직일 수 있다는 것을 처음 알았어. 정말 놀라운 일이야."

"흑봉파의 문주도 정말 빨랐지. 내 눈은 그의 검을 따라가지도 못했다고. 헌데도 장문인의 검만큼은 나 역시 볼 수 있었어. 쾌 속의 쾌. 빠름을 빠름으로 제압하니 오히려 느린 듯 보였어."

"대사범님을 초빙해 온 것도 그렇고……. 우리 장문인 말이야. 우리로서는 상상도 할 수 없을 만큼 굉장한 사람인 거 아닐까?"

"굉장한 사람이라……."

그러고 보니 그렇다.

관원들은 누군가 내뱉은 말에 골똘히 생각했다. 그러고 보면 그의 손에 나온 일들 중 잘못된 일은 하나도 없다.

장문인에 오르기 전부터, 장문인에 오른 뒤까지. 그는 작은 실수 하나 남기지 않고 자신의 생각대로 멋지게 일을 꾸려나가고 있었다.

"장문인의 자리도 말이야. 전 장문인께서 직접 유언으로 남기신 거잖아."

"그러고 보니 말야. 얼마 전에 문지기 맡았던 녀석에게 들었는데, 맹룡 창천이 다녀갔다던데?"

"맹룡 창천? 에이! 설마 아무리 대단하다 해도 그건 아닐걸? 그만한 이가 왔다면 가만있었겠냐. 온 하북이 다 들썩거렸을걸?"

"아니, 나도 처음에는 그리 생각했는데…… 그냥, 뭔가 정말 다녀간 건 아닐까 하는 생각이 들어서 말이야."

"에이……."

뒷머리를 긁적이며 말하는 사내의 말에 다른 이들의 눈이 가늘어졌다.

아니다.

분명 아니라고 생각하는데, 어쩐지 마음 한구석이 묘하다. 그의 말대로 낙천이라면, 장문인이라면 그런 대단한 이가 찾았을 것 같기도 하다.

"생각해 봐. 대사범님이나 이전에 관을 찾았던 반선의 사산 어르신도 어디 우리같이 작은 문파에서 얼굴이나 볼 수 있는 인물들이야? 그들이 누구냐. 천하 무림에서 열 손가락 안에 꼽히는 분들 아니냐."

"흠……."

"난 말이다. 오늘 확실히 느꼈어. 그 장문인의 검술 말이야. 난 평생을 호혈관에 있었지만 한 번도 본 적 없는 것이었다고. 게다가 오 년간 사문을 떠나 있었잖아? 그게 다 비밀리에 힘을 키우기 위한 전 장문인의 안배가 아니었을까?"

"안배……."

"그래, 안배. 남들 모르게 은거기인이라던가 전대 기인의 진전을 이은 것일 수도 있잖아."

"에이……. 아무리 그래도 그건 좀 그렇다. 비약이야, 비약. 뭐, 언젠가는 알게 되겠지. 우리 눈이 봉이 되거나 장문인이 정말 천하 무림에 우뚝 섰을 때 말이야."

"천하?"

"그래, 천하. 천하 말이야. 하북 땅만이 아니라 온 중원을, 구주팔황(九州八荒)을 다 넣은 천하!"

힘주어 말하는 사내의 말에 자리한 관원들의 눈이 커졌다. 이전 같으면 가슴이 뛰는 일도 없었을 말에 가슴이 뛴다. 설레인다.

허황된 이야기라고 그냥 쓴웃음을 지으며 넘어갔을 말에 몸과 마음이 후끈 달아오른다.

"난 말이야. 그런 날이 금방 올 것 같아."

"왜?"

"내가 본 장문인은 충분히 그럴 만한 분이니까. 대사범님과 비교해도, 반선의 사산 어르신과 비교해도 모자라지 않아. 아니 더 커. 분명 그런 날이 올 거야. 분명히 말이야."

흑봉파를 잠재운 날 밤.

흑봉파에 쳐들어갔던 관원들은 누구도 밤잠에 들지 못했다. 내일에 대한 꿈과 달아오른 혈기에 아침까지 밤하늘을 보고 또 보았다.

천하.

그리고 이낙천.

그들의 가슴속에는 어느새 지울 수 없는 이름이 자리하고 있었다.

*   *   *

"쓸 만하던가?"

늦은 밤 홍안수의 저택.

낙천은 술잔을 들이키며 묻는 홍안수의 모습에 고개를 끄덕였다.

"예, 잘 조련이 되어 있어 놀랐습니다. 창부리를 떼어 냈음에도 불구하고, 매섭고 차가운 예기가 쏟아지는 듯하였습니다."

"칭찬이 너무 과하군. 그만한 경지에 든 이들은 없는데 말이야."

"그래서 제가 듯하다고 하지 않았습니까. 하하!"

홍안수는 크게 웃는 낙천의 모습에 조용히 물었다.

"술은 좀 하는가?"

"물처럼 마시는 법은 모르나, 술을 술처럼 마시는 법은 알지요."

"그렇군. 그럼 한 잔 하겠는가?"

낙천은 잔을 건네는 홍안수의 모습에 고개를 끄덕이며 권한 잔을 잡았다.

주욱.

술을 입에 털어 넣은 낙천의 얼굴이 금세 붉어졌다. 코끝을 타고 도는 향취가 목구멍을 지나 빈 속을 후끈 달아오르게 만들었다.

"이렇게 밤늦게 나를 찾은 이유가 무엇인가."

먼저 술잔을 비운 홍안수가 물었다.

"대사범님 역시 호혈관의 사람이 아닙니까. 부탁드렸던 일도 있고 말입니다. 따로 만나 이야기를 해야겠다는 생각이 들었습니다."

"그런가?"

낙천은 빈 잔을 쥐며 묻는 홍안수를 보며 조용히 술병을 들어 따랐다.

쪼로로로로.

빈 잔으로 투명한 술이 튀어오르며 듣기 좋은 소리를 냈다. 모르긴 몰라도 그 맛과 향으로 보건데 마시기 힘든 명주일 것이 분명했다.

"오늘 일에 관해 곰곰이 생각해 보았다. 나는 처음으로 중원 무림에 들어와 적을 둔 곳을 위해 내 이름을 팔았다."

"명예에 해가 될 만한 짓은 벌이지 않았습니다."

"그러리라 생각한다. 깨끗하지 못한 소문이나 만들어낼 일이었다면 그리 나서는 일도 없었을 테니까. 자네에게 있어 나는 관을 위한 부속품에 불과하겠지?"

싱긋.

낙천은 홍안수의 물음에 대답 없이 웃음만 지었다. 답이 필요한 물음이 아니라는 것을 잘 알고 있었기 때문이다.

홍안수 역시 답을 기대한 물음이 아니었는지 말을 이었다.

"내 말이 항상 짧은 것은 이곳의 말을 아직도 잘 못하기 때문이다. 결코 너를 무시하거나 얕잡아 봐서 그러는 것이 아니다."

"알고 있습니다. 자신을 크게 세우고 남을 무시하는 사람이었다면 이렇게 관에 들이지도 않았을 것입니다. 말을 높이는 것 따위는 아무래도 좋습니다."

홍안수는 고개를 끄덕이며 말했다.

"그리 알아주니 고맙다."

"제가 원하는 것은 능력이 출중하고 제 말을 잘 따라주는 대사범일 뿐입니다. 고작 하대를 들어주는 것 정도로 그런 대사범을 얻을 수 있다면 그보다 좋은 일은 없겠지요."

"그런가."

"예. 저는 그리 생각합니다."

홍안수는 웃으며 술잔을 집어 드는 낙천의 모습에 조용히 잔을 채웠다.

어제와 오늘.

그는 낙천을 알 수 있었다. 그가 자신을 어찌 보는지도 느낄 수 있었다.

낭인왕?

대사범?

그런 것은 다 허울일 뿐이다. 그는 자신을 창대처럼 쥐고 놀리고 있다.

장문인의 자리에 앉아 다른 그 어떤 이들과 다름이 없이 쓰고, 놀리고, 움직이고 있다.

"앞으로도 필요한 일이 있거든 거리낌 없이 시키고 부려라. 나보다 중한 사람에게 해가 되는 일이 아니라면 관의 일원으로서 따르겠다."

"하하! 예. 그리 말씀하지 않으셔도 물론 그럴 것입니다. 한 가족이 아닙니까."

오가는 술잔 속에 낙천은 가식 없는 웃음을 섞었다.
누구의 곡소리도 환호성도 들리지 않는 조용한 자리.
그렇게 새벽이 찾아올 때까지 둘의 술잔은 서로의 손을 떠나지 않았다.
장문인과 대사범.
둘은 그렇게 술 한 잔에 지금까지 모호했던 자신들의 지위를 나누는 것인지도 몰랐다.

짙게 하늘을 뒤덮고 있던 어둠이 가셨다. 새벽녘 아침은 그렇게 찾아와 동산 어귀로 붉은 해를 틔웠다.

"흐음……."

천천히 산 위로 걸음을 옮기는 낙천의 귀가 쫑긋 섰다.

사박.

걸음을 옮기는 소리에 맞춰 무언가 수풀 사이에서 움직이고 있었다.

"호오……."

낙천은 바스락거리는 수풀 속 소리에 걸음을 멈춰 섰다. 그러자 언제 그런 소리가 들렸냐는 듯 바스락거리던 소리가 멎었다.

"커다란 토끼군."

싱긋.

낙천은 웃으며 멈춰 섰던 걸음을 옮겼다. 멀리, 산 중턱에 우뚝 솟은 인영(人影)이 두 눈에 들어왔다.

"많이 기다리셨습니까."

웃으며 말을 건네는 낙천의 모습에 멈춰 서 있던 인영이 움찔거리며 걸음을 뒤로 물렀다.

해가 살짝 얼굴을 내민 이른 아침.

어둠이 가신 산 중턱에 선 그는 몹시 불안한 눈치였다.

"괜찮습니다. 이 시간이라면 산지기도 산에 오르지 않을 테니까요."

"흠……!"

낙천은 헛기침을 흘리는 사내의 모습에 빙긋 웃으며 다가섰다. 연신 주위를 살피고 있는 그의 두 눈은 토끼처럼 붉어져 있었다.

"왜, 왜 이렇게 늦은 것이오."

"사람 일이라는 게 꼭 시간을 맞추어 벌어지는 법이 없어 말이지요. 그래도 그리 많이 늦은 것은 아니라 생각하는데 말입니다"

"허, 허튼 소리! 내가 이러고 있는 것을 혹여 누군가 알기라도 하는 날엔 당신도 무사하지 못할 텐데?"

"그래서 이리 나온 것이 아닙니까. 일단 진정하시고 이야기를 나누도록 하지요. 하루를 시작하는 아침이 아닙니까."

빙긋.

낙천은 안절부절못하는 사내를 향해 말했다.

이제 막 하늘 위로 떠오르기 시작한 태양에 잠에서 깬 산새들이 날아오르고 있었다.

"이, 이야기를 나눌 것이 뭐 있소. 나는 약속한 것만 받으면 되는 거요."

"아아, 그러한 문제는 걱정하지 마시지요. 충분히 준비해 왔으니까요."

짤랑.

낙천은 불안해하는 사내를 향해 소매 속에 넣어둔 전낭을 꺼내 들었다.

꿀꺽!

사내는 낙천의 손에서 흔들거리는 전낭에 꿀꺽 마른침을 삼켰다.

저 돈이다.

그가 약속한 돈이라면 한 오십 년은 놀고먹으며 살 수 있다. 칼부림치는 무림도, 피 묻은 검도 잊고 살 수가 있는 것이다.

"그럼 이걸 건네주기 전에 서로의 일을 마무리지어 보기로 할까요."

"뭐, 뭘 말이요?"

"향후 흑봉파는 어찌하기로 했습니까? 이대로 순순히 하북 땅을 떠나기로 했습니까?"

"그거야 어쩔 수 없는 것이 아니오. 다른 말들이 있긴 하였으나, 문주가 죽고 현판이 떨어졌으니 어찌 하북 땅에 있을 수 있겠소? 떠나기로 하였소."

"호오. 그렇습니까?"

고개를 갸웃거리며 되묻는 낙천의 모습에 사내는 대답 없이 고개를 끄덕였다.

"아침이면 소문이 이미 온 도시에 퍼질 텐데 어찌하겠소. 이미 상당수의 관원들과 수뇌들도 마음을 정리한 상태요. 흑봉파는 끝났소. 다른 지역으로 떠난다 하여도 이전과 같지는 않을 거요."

"애석한 일이군요. 그래도 동도인데 말입니다."

빙글.

사내는 웃으며 말하는 낙천의 모습에 얼굴을 구겼다.

동도?

그의 입에서 그러한 말을 듣자니 역겨움에 소름이 돋을 지경이었다.

이번 일을 만든 것이 누구인가.

바로 낙천이다.

그는 훨씬 전부터 자신을 부려 염만홍의 귀에 독을 쏟아 넣었다. 홍안수에 관한 이야기를 염만홍의 귀에 불어 넣고 부추긴 것은 결국 그인 것이다.

"어찌 되었건 다 당신이 원하던 대로 된 것이 아니오. 덕분에 나 역시 더는 발붙일 곳이 없게 되었고. 이제 더는 해 줄 말도 없소. 더 늦었다가는 의심만 살 터이니 어서 주시오."

"그래야지요. 그간 수고하셨습니다."

휙.

낙천은 재촉하는 사내의 말에 손에 쥔 전낭을 던져 주었다.

사내는 낙천이 던진 전낭을 황급히 낚아채고는 그를 향해 말했다.

"앞으로 다시 나타나는 일은 없을 거요. 맹세코 이번 일은 무덤까지 지고 가겠소."

"물론 그래야지요. 견 사범님의 말, 믿겠습니다."

얇아진 낙천의 웃음에 전낭을 쥔 사내는 칼이라도 맞은 듯 몸을 떨었다.

"그, 그 이름은 이제 됐소. 이미 다 끝난 마당에 사범은 무슨……"

"하하. 그렇던가요?"

"돼, 됐소! 여튼 나는 이만 돌아가 보겠소."

"예. 그럼 먼저 가시지요."

후다닥.

낙천은 부리나케 달려가는 사내를 바라보며 쭉 기지개를 켰다.
저리 작은 담을 가지고 어찌 지금까지 이 일을 맡아 왔을까.
모든 일이 다 끝나고 안심해도 좋을 순간임에도 그는 긴장의 끈을 놓지 않고 있었다.
"휘유."
낙천은 멀리 사라져가는 사내의 뒷모습에서 눈을 떼고 푸른 하늘을 올려다보았다.
견명주.
떠나간 사내는 흑봉파의 이사범을 맡고 있던 자였다.
바스락.
"토끼 놀이는 끝입니까?"
귓가를 울리는 소리에 낙천이 치켜든 고개를 내리며 말했다. 깊게 그늘진 숲속에서 불쑥 인영이 솟아올랐다.
"토끼가 아니라 늑대라 해 주면 고맙겠소만."
검은 무복 때문이었을까.
태양 아래로 걸어나온 인영의 주위로 어둠이 몰려들었다. 잠영(潛影)을 하고 있던 것인지, 사내의 옷에는 축축이 젖은 흙더미가 묻어 있었다.
"늑대라……. 하긴 그편이 훨씬 잘 어울리기는 하지요."
씩.
낙천은 다가서는 사내를 바라보며 헤죽 웃었다. 언제나와 같은 웃음이었다.

"오늘 우리를 보자고 한 것은 저것 때문이었소?"

"아니면 무엇이 또 있겠습니까."

사내는 시종일관 웃음을 잃지 않는 낙천의 모습에 고개를 끄덕였다. 폐사찰에서의 일 이후, 오랜만에 자신들을 불렀다 했더니 결국 이러한 일이었다.

휘익!

사내의 손동작에 다시금 수풀이 들썩였다.

낙천은 쏜살같이 수풀을 가르고 달려 나가는 인영을 확인하고는 굳은 몸을 풀었다. 움직이기 전까지 기척을 느끼기가 힘든 것을 보니 그가 보낸 사내는 일급 살수임에 틀림이 없다.

"볼수록 당신은 무섭다는 생각이 드오."

"무엇이 말입니까?"

"무림에 몸담고 살며 많은 이들을 보았소. 하지만 당신 같은 이는 없었지."

낙천은 사내의 말에 싱긋 웃었다.

"그렇습니까?"

"가진 힘이 있으면서도 그를 드러내지 않으며 다른 사람에게 고개를 숙일 줄 알지. 태연히 다른 이를 부리는 것은 물론이요, 절대 자신의 속내를 들키지 않기도 하고. 그래서 나는 당신이 두렵소."

"두렵다?"

낙천은 복면에 가려진 사내의 얼굴을 바라보며 고개를 갸웃거렸다.

두렵다라…….

재미있는 말이다.

"그 웃음 뒤에 가려진 것이 무엇인지는 모르나, 한배를 탄 이상 더는 캐묻지 않겠소."

"무엇을 숨겼다는 건지 모르겠군요. 제가 뒤로 무언가를 숨기고 있다고 느끼시는 겁니까?"

"흥!"

사내는 어깨를 으쓱이며 말하는 낙천의 모습에 코웃음쳤다.

숨긴 것이 없다?

그럴지도 모른다. 지난 한 달간 그의 일거수일투족을 모두 지켜보았으니 말이다. 허나, 사내는 그러한 낙천의 말을 믿지 않았다.

아무리 지켜보아도 알 수 없는 사내다.

그 속에 무엇이 있는지, 그 머릿속에서 무엇을 생각하는지 도통 종잡을 수가 없다.

허니, 그 말을 어찌 믿을 수 있을까.

사내는 낙천을 똑바로 바라보며 말했다.

"하루 종일, 아니 일 년을 넘게 당신을 지켜보고 감시한다 하여 그 머릿속을 알 수 있다면 능히 그리 하겠소만, 이번 일로 알게 되었소. 사람 머리를 읽는 것은 서산 너머로 사라진 달마도 하지 못할 것이라는 것을 말이오."

"어째서 말입니까?"

"스스로에게 물어보는 것이 빠르지 않겠소?"

낙천은 싸늘해진 사내의 눈빛에 얼굴에 찬 웃음을 지웠다.

"나는 말입니다. 팔은 안으로 굽는다는 말을 누구보다 믿습니다. 지난날 나는 그 굽은 팔 안에 함께할 것을 제안하였습니다."

"불안은 언제고 싹트는 것이오. 어둠에 앉아 있을 때는 더욱 그러하지."

사내는 웃음이 낙천의 얼굴을 똑바로 바라보며 말했다.

호혈관.

그 이름도 모를 소문파의 어린 장문인을 만났을 때 사내는 두번 다시 그 이름을 잊지 못하게 되었다. 그가 뻗은 손 때문이 아니다.

그의 눈.

저 차갑게 내려앉은 눈이 그 이름을, 그 모습을 단 한순간도 잊지 못하게 만들었다.

'이 사내는 이렇게 앉아 있을 인물이 아니다.'

사내는 본능적으로 느낄 수 있었다.

거물.

무림에서 손에 꼽을 만한 인물들에게서 느껴지는 냄새를 낙천에게서 맡았다. 그렇기에 덥썩 내민 손을 잡았다. 그라면 자신들을 더 높은 곳으로 이끌 것이라고 믿어 의심하지 않았다.

"나는 거짓을 말하지 않습니다."

"하지만 진실도 말하지 않지."

씨익.

낙천은 사내의 말에 고개를 끄덕이며 웃었다.

"묻지 않으면 가르쳐주지 말아야 할 일들도 있는 법이니까요. 묻는다면 언제든 가르쳐줄 것입니다."

"아니, 숨기는 일을 억지로 물어 듣고 싶은 마음은 추호도 없소. 지금까지처럼, 이 정도면 되었소."

"그렇습니까?"

"이상의 것을 원하다 자빠진 이들을 많이 보았소. 호기심은 세상 그 무엇보다 무서운 극독이 되는 법. 우리는 그러한 호기심 따위는 잊은 지 오래요."

"역시. 사천 제일의 살성이라 불리는 분들답군요."

사내는 초승달처럼 휘어진 낙천의 눈초리를 바라보며 깊게 숨을 들이마셨다. 등 뒤로 귓가를 간질이는 가는 소리가 바람을 타고 스며들고 있었다. 좀 전에 보냈던 부하의 전음이었다.

『일은 잘 끝마쳤습니다.』

사내는 귓가로 들려오는 전음에 고개를 끄덕이며 옷에 묻은 흙먼지를 털었다. 사내 자신까지 나설 일이 없어졌다.

낙천이 자신을 부른 이유.

사내는 그것이 먼저 이곳을 떠난 흑봉파의 이사범 견명주 때문임을 잘 알고 있었다.

"일은 잘 마쳤으니 이만 돌아가 보겠소."
"아, 벌써 돌아가실 생각이십니까?"
"더 있어봐야 별다를 것도 없지 않소."
사내는 헤죽 웃는 낙천을 바라보다 발걸음을 돌렸다.
"내 처음이자 마지막으로 하나만 묻겠소."
"무엇을 말입니까?"
우뚝 걸음을 멈춘 사내의 모습에 낙천이 물었다.
"이번 일에 왜 우리를 불렀소? 당신이 나섰더라면 소문 없이, 아무도 모르게 은밀히 끝낼 수 있었을 텐데?"
"흠, 글쎄요. 이 정도는 보여 줘야 안심을 할 것 같아서 말입니다. 앞으로도 나 홀로 일할 것이 아니니 서로가 마음 편한 것이 좋지 않을까요?"
"약점을 쥐어줬으니 안심하고 일해라?"
낙천은 되묻는 사내의 물음에 대답 없이 웃었다. 그가 자신의 말을 어찌 해석하건, 그것은 이제 중요하지 않다. 중요한 것은 오늘 일로 사내가 깊은 늪에 발을 담궜다는 것이다.
"그런 약점 따위를 쥐어주지 않아도 결정한 일을 무를 생각은 없소. 게다가……."
사내는 몸을 돌려 다시금 낙천을 보았다. 그가 이리 쉽게 자신의 약점을 쥐어줄 리 없다. 무언가 자신은 생각지도 못한 그물들이 잔뜩 몸을 옭아매고 있을 것이라 사내는 생각했다.
"나는 당신의 그런 점을 믿고 있으니까."

덫

씩.

사내는 낙천의 얼굴 위에 걸린 웃음을 따라 웃어 보았다. 복면 안으로, 사내는 매끄럽게 말려올라가지 못하는 입꼬리를 느끼며 억지로 지어본 웃음을 지웠다.

"그자에게 주었던 돈은 그간의 노자로 가져가겠소. 그래도 괜찮겠소?"

"좋으실 대로 하십시오. 그 돈은 이미 제 돈이 아니니까요."

"그렇군."

휙.

낙천은 어둠 속으로 사라지는 사내의 모습에 깊게 숨을 들이마셨다. 아침 이슬을 머금은 나무들이 내뿜는 산 공기에 가슴이 시원해졌다.

터벅 터벅.

걸음을 옮기는 낙천의 머릿속으로 하나둘 또 다른 생각들이 고개를 들었다.

무당을 향한 먼 걸음.

낙천의 머릿속은 그 어느 때보다 빠르게 돌아가고 있었다.

〈3권에서 계속〉
작가 블로그
http://blog.naver.com/rjsdktjd

향공열전 鄕貢列傳

조진행 신무협 장편 소설
ORIENTAL FANTASY STORY & ADVENTURE

최고의 작품만을 선보이는 무협의 거장!
『천사지인』, 『칠정검칠살도』, 『기문둔갑』의
베스트셀러 작가 조진행이 심혈을 기울인 역작!

대림사(大林寺) 구마선사가 남긴 유마경(維摩經)의 기연.
월하서생 서문영, 붓을 꺾고 무림의 길로 나선다!

이제, 과거 시험은 작파하고 무공을 배우겠다!

dream books
드림북스

신세대 무협 작가 '3인 3색'
드림 출간 기념 이벤트!

제 1 탄!
감성무협의 신기원을 열었던
『은거기인』의 작가 건아성!

이번엔 배신과 음모가 판치는 비정한 사파인들의 이야기로
끊임없이 변화를 추구하는 작가주의의 진면목을 보여준다!

군림마도

하북 호혈관에서 시작된 강호 대 파란,
이제 사파의 이름으로 천하 무림을 굽어보리라!

제2탄, 나민채 작가의 퓨전 무협 『마검왕』 (12월 출간 예정)
제3탄, 가나 작가의 신무협 『천마금』 (2009년 1월 출간 예정)

푸짐한 사은품 증정!!

EVENT ONE

이벤트를 진행하는 3종의 책을 '모두 구입하신 분들 중' 추첨을 통해 사은품을 드립니다.

[사은품]
1명 : <최신형 디지털 카메라> + 3종의 3권(작가 친필사인)
('EVENT ONE에 참여하신 분들 중 30명'에게 작가 친필사인이 들어 있는 3종 3권을 드립니다.)

[응모요령]
1,2권 띠지에 부착된 응모권 6개를 오려 드림북스로 보내주세요.

EVENT TWO

이벤트를 진행하는 3종의 책을 '개별적으로 구입하신 분들 중' 추첨을 통해 사은품을 드립니다.

[사은품]
3명 : <백화점 상품권(10만원)> + 구입한 도서의 3권(작가 친필사인)
(『군림마도』(1명), 『마검왕』(1명), 『천마금』(1명))

[응모요령]
1,2권 띠지에 부착된 응모권 6개를 오려 드림북스로 보내주세요.

EVENT THREE

책을 읽고 감상평을 올리시는 분들 중 11명을 추첨하여 사은품을 드립니다.

[사은품]
으뜸상(1명) : Mplayer Eyes MP3 + 서평을 쓴 도서의 3권(작가 친필사인)
우수상(10명) : 문화상품권(1만원) + 서평을 쓴 도서의 3권(작가 친필사인)

[응모요령]
이벤트 진행 도서들 중 하나를 읽고 인터넷 서점(YES24)리뷰란에 감상평을 올려주시고,
그 내용을 복사하여(이메일, 아이디 기재) 한 번 더 '드림북스 홈페이지 감상란'에 올려주세요.

[보내주실 곳] (우)142-815 서울시 강북구 미아8동 322-10
　　　　　　 (주)삼양출판사 2층 드림북스 이벤트 담당자 앞
[이벤트 기간] 2008년 12월 15일~2009년 2월 16일
[당첨자 발표] 2009년 2월 27일(당사 홈페이지 및 장르문학 전문 사이트에 발표합니다.)

드림북스 홈페이지 http://www.sydreambooks.com
드림북스 블로그 http://www.blog.naver.com/dream_books
문피아 사이트 http://www.munpia.com/출판사 소식/드림북스
조아라 사이트 http://www.joara.com/출판사 소식

※ 응모권을 보내주실 때는 '이름, 연락처, 주소'를 정확히 기입해 주세요.
※ 사은품은 이벤트 진행도서 3종 3권의 책이 모두 출간된 직후 일괄 배송합니다.
※ 사은품은 상기 이미지와 다를 수 있습니다.

문우영 신무협 장편 소설

ORIENTAL FANTASY STORY & ADVENTURE

樂之傳記
악공전기

"이 암울한 시대에 던지는 빛나는 수작!"

문피아 골든 베스트 1위! 신인 베스트 1위!
작가 조진행이 극찬했던 바로 그 화제의 신간!

감동의 소리를 얻으려는 자, 어둠을 보라.
눈을 감으면 악공 석도명이 연주하는 새로운 세상이 열린다

dream books
드림북스